www.mayabooks.co.kr

www.mayabooks.co.kr

갓 오브 블랙필드

갓 오브 블랙필드 ❻

지은이 | MJ STORY 무장
펴낸이 | 권순남
펴낸곳 | (주)마야·마루출판사

등록 | 2008. 1. 7(제310-2008-00001호)

초판 2쇄 인쇄 | 2020. 11. 24
초판 2쇄 발행 | 2020. 11. 27

주소 | 서울특별시 노원구 동일로237가길 17, 신영산업 **BD 602호**
대표전화 | 02-2091-0291
팩스 | 02-2091-0290
이메일 | marubooks@mayabooks.co.kr

ISBN | 978-89-280-3314-0(세트) / 978-89-280-5550-0
정가 | 8,000원

잘못된 책은 교환하여 드립니다.
저자와 협의하여 인지를 붙이지 않습니다.

「이 도서의 국립중앙도서관 출판시도서목록(CIP)은 서지정보유통지원시스템 홈페이지(http://seoji.nl.go.kr)와 국가자료공동목록시스템(http://www.nl.go.kr/kolisnet)에서 이용하실 수 있습니다.」
(CIP제어번호:CIP2014036073)

갓 오브 블랙필드

⑥

MAYA&MARU MODERN FANTASY STORY
MJ STORY 무장 현대 판타지 장편소설

GOD OF BLACKFIELD

마야&마루

※ 목차 ※

제1장. 해 더럽게 기네 …007
제2장. 돌아오는 길 …051
제3장. 죽고 싶어서 이러는 거지? …089
제4장. 끝까지 가 보자 …129
제5장. 이상하게 뒤로 밀린다 …165
제6장. 누가 더 빠를까? …203
제7장. 죽거나 죽이거나 …239
제8장. 이럴 필요가 있을까 …277

제1장

해 더럽게 기네

GOD
OF
BLACK FIELD

  먼저 도착한 대원들이 산 아래에 웅크리며 위쪽을 노려본 직후였다.
  콰악!
  강찬은 엎어지려는 신병의 뒷덜미를 꽉 잡아 주었다.
  당황한 병아리 대원을 놓고 그는 날카롭게 주변을 둘러보았다.
  그사이, 병아리가 자세를 가다듬었다.
  "출발."
  강찬의 짧은 말에 제라르가 대원 셋을 먼저 출발시켰다.
  겹쳐 놓은 것처럼 늘어선 산은 실제로는 상당한 거리를 두고 있었다.

곧고 높게 자란 나무 사이로 햇살이 간간이 들어왔고, 드문드문 있는 잡풀과 바람 사이에서 '삐이익' 하는 이상한 새소리가 들렸다.

강찬은 아부다비 카빈의 끈을 오른쪽 어깨에 걸고 방아쇠 고리에 검지를 댄 채로 걸었다.

그나마 서늘한 산속이라 땀이 나진 않았다.

푸드득.

새가 날았고,

우이잉! 우이잉!

이상한 짐승 울음이 들려왔다.

몽골이다.

누구에게 걸리든 변명의 여지 없이 교전이 벌어지는 거고, 처절한 탈주극을 통해 살아나거나 그렇지 않다면 서류상 흔적도 없이 전사하는 것밖에 없다.

바짝 긴장한 채로 앞으로 나아갔다.

선두에 셋이 있다고 해도 언제 측면에서 적이 출현할지 모르는 상황이다.

훈련과 실전이 다른 것은 극도의 긴장감이 있느냐, 없느냐의 차이다. 언제, 어디서 총알이 목을 뚫을지 모르는 상황에서 6시간을 걷고 나면 어지간한 놈들은 그대로 퍼진다.

대원 몇 놈이 의심스러운 눈초리로 강찬을 힐끔거렸다. 헬기에서부터 전력 질주를 한 것과 달리 행군은 전혀 모르는구나 싶은 탓이다. 제 목숨이 달린 일이라 알아서 좌우를 경계하고 있다만, 이렇게 무대포로…….

부스럭! 철컥!

그때, 우측 숲에서 풀을 젖히는 소리가 들렸다.

철컥! 철컥!

대원들의 몸이 움찔했을 때 강찬은 이미 소총을 겨누고 있었고, 간발의 차이로 다예루와 제라르가 그 뒤를 따랐다.

이게 어떻게 된 거지?

사람이 저렇게 반응할 수 있는 건가? 그것도 자부심 넘치는 제13외인여단의 특수팀을 상대로?

그래서 다예루, 제라르, 강찬의 순으로 서서 그 사이에 자신들을 끼워 넣은 건가?

부스럭. 부스럭.

두 번 더 소리가 들린 다음, 거무튀튀한 동물의 형상이 산 아래로 내려갔다.

정적이 흘렀다.

만약 적으로 강찬과 느닷없이 마주쳤다면, 다예루와 제라르는 간발의 차이로 죽은 거고, 대원들은 움찔한 순간에 시체가 된 거다.

강찬의 시선을 받은 제라르가 '미치겠군.'이라고 입술을 움직이며, 검지와 중지를 허공에서 한 바퀴 돌린 다음 앞을 가리켰다.

상황 끝, 전진.

아무튼, 차원이 다른 실력임을 인정해야 했다.

물론 엄청난 차이는 아니다. 그냥 차원이 약간 다른 정도일 거다.

⚜ ⚜ ⚜

한 시간쯤 전진했을 때였다.

"구대장."

이마에 닿는 바람이 선선하게 느껴질 때 강찬은 행군을 멈추게 했다.

"모여."

제라르가 순순히 대원들을 불렀다.

최소한의 경계를 세워야 하지 않을까? 하지만 강찬은 대원들을 전부 모았다.

"지도 줘 봐."

제라르가 바닥에 지도를 펼쳐 놓았다.

"잘 봐라. 여기가 우리가 있는 지점, 그리고 여기가 적의 기지가 있을 것으로 예상되는 장소다. 여기서 뒤쪽으로 쭉 가서 바로 여기!"

강찬은 손가락으로 물가의 한 지점을 가리켰다.

"여기가 알파. 그리고 산을 바로 넘어가서 여기, 이곳을 베타 지점으로 하겠다."

석강호와 제라르를 제외한 대원들이 이게 무슨 소리인가 하는 얼굴로 강찬을 보았다.

"내가 뭐라고 외치던 알파나 베타만 들어라. 알파, 리마 이렇게 외치면 알파로 오라는 뜻이다."

대원들이 알았다는 눈빛을 한 후에, 제라르의 눈치를 살폈으나 의외로 그는 덤덤했다.

"5분간 휴식. 경계는 사방 10미터."

산 중턱에서 불쑥 올라온 자리다. 나무 덕분에 저격의 위험도 없어서 강찬은 휴식을 취하기로 했다.

제라르가 군소리하지 않고 선두의 셋을 부른 다음, 다시 4명을 10미터씩 떨어진 곳에 세웠다.

이왕 쉬는 거니까 편안하게.

강찬은 바닥에 철퍼덕 앉아 나무에 등을 기댔다.

이어서 석강호와 제라르가 그렇게 앉았고, 자연스럽게 남은 대원들도 편하게 휴식을 취했다.

제라르가 묘한 표정으로 강찬을 보았다.

"왜?"

"이 속도로 걸으면 4시간도 안 걸립니다."

"뭐라는 거요?"

"이렇게 기면 4시간도 안 걸릴 거란다."

"병신. 그럼 온종일 걸으려고 그랬나?"

해 더럽게 기네 • 13

"뭐라는 겁니까?"

강찬이 풀썩 웃었다.

이 두 새끼가 자꾸 피곤하게 만든다.

"알제리 말 할 줄 아는 대원 있어?"

가뜩이나 강찬을 궁금해하던 놈들이다. 두 놈이 퍼뜩 눈빛을 반짝였다.

다예루가 먼저 말을 지껄이자 놈들이 놀랍고 반가운 얼굴로 답을 했다. 제라르는 한숨을 푹 내쉬며 다예루를 보고 있었다.

"가자."

강찬이 일어서자 먼저 대원 셋이 앞서 나갔다.

휴식 전과는 분위기가 많이 달랐다.

⚜   ⚜   ⚜

강찬은 무언가 거슬리는 느낌을 받았다.

"스탑!"

그의 말에 대원들이 빠르게 멈춰 서서 긴장한 눈으로 주변을 살폈다.

3시간을 걷는 동안 대충이나마 알았다. 강찬이 느긋하게 걷는지, 긴장한 건지.

그런데 지금은 날카롭게 독기를 뿜어내고 있었다.

말로 설명 안 되는 일이다.

강찬은 검지와 중지로 다예루, 제라르에 이어 대원들에게 각각 자리를 지시했다.

'뭐지?'

천천히 주변을 둘러보았으나 당장 잡히는 것은 없었다.

'아무 일도 아닌 건가?'

감을 설명할 방법은 없다.

아프리카에서, 한국에서 늘 있던 일이지만, 언제 어떤 일인지를 알지는 못했다.

1분쯤 지났다.

제라르가 무슨 일이냐는 투로 강찬을 보았을 때였다.

말소리가 들렸다.

사람 소리, 그리고 돌을 밟는 소리.

긴장하면 가장 먼저 자신의 숨소리가 들린다. 반복된 훈련에 실전 경험이 쌓여야 그렇다.

그렇지 않으면 볼이 화끈거리며 머리가 쩡한 느낌이 들거나 심장이 쿵쾅거리는 소리만 들린다.

그래서 훈련 때마다 숨소리를 들으라고 강조한다.

만약 긴장했을 때 심장 소리나 머릿속이 하얗게 변한 느낌이 든다면 상대가 나의 숨소리를 듣고 있을 확률이 높다.

지금의 신병치럼.

훈련은 잘돼 있는데 실전 경험이 부족한 거다.

소리가 점점 가까이 들렸다.

못 알아듣지만 '투득'이나 '바특'처럼 끝이 된소리가 나는 것을 봐서는 몽골 말이 분명했다.

저걱. 저걱.

조심하지 않고 편안하게 걷는 걸음이다.

강찬은 오른쪽 발에 걸어 둔 대검을 꺼냈다. 여차하면 총소리를 내지 않고 해치우려는 의도였다.

눈치를 알아챈 다예루와 제라르 역시 대검을 꺼내 들었다.

세 놈이다.

강찬과 대원들이 몸을 숨긴 바로 아래쪽을 지나간다.

몇십 년은 된 듯한 소총을 어깨에 걸쳤고, 두 놈은 덫으로 잡은 것 같은 팔뚝만 한 산짐승을 허리에 걸고 있었다.

저들이 총을 쏘기 전에 달려가 덮치는 거다.

거리는 적당했다. 산이라 그런지 목소리가 더럽게 크게 들렸다.

'그냥 가라.'

시커멓게 때 낀 얼굴로 연신 떠드는 놈들을 죽이고 싶지 않았다.

저벅. 저벅.

세 놈 중 한 놈이 강찬이 있는 바로 아래에서 힐끔 시선을 들었다. 바로 위에 14개의 총구와 3자루의 대검이 노리고 있는 것을 모른 채로 말이다.

 3분쯤 지나서 말소리가 가물가물해졌고, 다시 3분이 더 지나자 더는 들리지 않았다.

 제라르의 시선을 받은 강찬이 고개를 저었다.

 저렇게 사냥을 업으로 살아가는 사람들은 눈과 귀가 산짐승만큼이나 예민하다.

 5분쯤 더 지났을 때, 강찬은 서서히 몸을 일으켰다.

 출발이다.

 30분쯤 걷고 나서 강찬은 휴식을 취하기로 했다.

"구대장."

 이제 눈빛으로 알아본다.

 제라르가 알아서 넷을 배치했다.

 사방이 내려다보이는 산의 중턱이다. 나무가 빽빽하게 있어서 몸을 감추기도 좋았다.

"점심을 먹고 간다."

"알았습니다."

 곧바로 씨-레이션이 분배되었다.

⚜   ⚜   ⚜

 강대경은 아침부터 일이 손에 잡히지 않았다. 가슴을 꽉 묶어 놓은 것처럼 호흡이 거북했다.

"후우웁!"

숨을 크게 들이마셔도 답답함이 전혀 털리지 않는다. 뭔가가 폐를 차지하고 있어서 그만큼 숨이 들어오지 않는 느낌이었다.

9시에 회사에 도착해서 가장 열심히 한 일은 전화기를 만지작거린 것이었다.

'한 번쯤은 괜찮지 않을까?'

하지만 나이 어린 아들이 국무총리처럼 어려운 누군가를 만나고 있으면 어쩌나 하는 생각에 차마 통화 버튼을 누르지 못했다.

병실에 직접 와서 부탁까지 하지 않았던가?

그때 국무총리와 악수를 했던 임원들의 이야기 때문에 영업사원들이 더욱 힘을 내고 있는 마당이다.

"후우- 우!"

강대경은 직원의 책상 위에 놓인 담배를 슬쩍 보았다.

'괜찮은 거지?'

믿어야 한다. 믿어 줘야 한다.

아직 고등학생이지만, 평범한 자신은 이해조차 못하는 일을 해내는 아들이다. 천재를 망친 부모 이야기는 천재의 숫자만큼이나 흔하고 흔하다.

참아야 하는 거다.

걱정돼도, 곁에 두고 싶어도, 아들을 위해서 참고 지켜봐

주는 게 평범한 아버지가 해야 할 일이다.

 차 앞을 막아서며 칼을 휘두르던 모습이 떠올랐다.

 어쩌면 그 모습 때문에 이런지도 모른다.

 번들거리는 눈으로 칼을 휘두르던 아들이 흘깃 돌아볼 때의 눈빛을 죽을 때까지 잊지 못할 거다.

 그 섬뜩한 싸움 중간에 괜찮냐고 묻고 있었다.

 괜찮아야 한다고, 견뎌 달라고 당부하고 있었다.

 '그래. 아빠도 견디 마. 이렇게 꿋꿋하게 견딜 테니까 아들도 집 걱정하지 말고······.'

 공트 자동차 임원을 만나기 위해 함께 남산호텔에 들어설 때, 계약을 축하한다며 초를 켠 케이크를 들고 들어왔을 때, 그리고 병원에서 안았을 때의 강찬을 떠올렸다.

 '무사히만 돌아와라.'

 강대경은 답답한 가슴을 주먹으로 툭툭 쳤다.

⚜　　⚜　　⚜

10분가량 점심을 먹고 난 다음이었다.

"20분을 쉽니까?"

"구대장이 원하면."

제라르가 묘한 표정으로 픽 웃었다.

아프리카에서 깅찬은 기능한 한 식사 후 20분을 쉬었다.

적당한 장소를 발견할 때면 조금 이른 식사를 할 때도 많았다.

이유? 이유는 많다.

곧바로 긴장된 순간을 맞으면 배에서 정말이지 커다란 '꼬르륵' 소리가 날 때도 있고, 반대로 신경이 무뎌질 때도 있었다. 더럽지만 배를 부여잡고 적당한 장소를 찾는 놈도 나온다.

"저 새끼가 또 지랄인 거요?"

'네가 더 지랄이다!'

강찬의 표정을 본 다예루가 얼른 고개를 돌렸다. 이 새끼의 적응력이 이렇게 빠른 줄은 몰랐다.

강찬은 병아리 신병을 보았다.

서양 놈들 중에 의외로 심성이 여린 놈들이 있다. 깡도 부족하고, 겁도 좀 있고.

대개는 절대 그렇지 않은 척한다. 겁먹은 눈을 하고서 말이다.

긴장하면 판단이 느려지고 몸이 굳는다.

그래서 강찬은 신병을 늘 뒤에 붙이고 다녔다.

처음엔 잘 모르지만, 시간이 지나면 강찬을 믿고 의지하게 되고, 그다음엔 안심하고 총질을 해 댄다.

그다음은? 엉뚱하게 죽어 자빠지지 않는다면, 눈앞의 제라르처럼 칼자국 하나 달고 인상 곽곽 쓰는 거다.

그래서 더 악착같이 구하러 달려간 건지 모른다.

믿고 의지했던 놈을 포기할 수는 없었다. 비록 악귀처럼, 피에 굶주린 놈처럼 적의 목을 가르고, 또 가르는 한이 있더라도 뒤에 있으라고 했던 놈을 포기할 수는 없었다.

'나 잘했죠?'

물병을 들고 와서 웃던 놈의 마지막 모습이 떠올랐다.
"씨발."
석강호가 힐끔 시선을 주었다.
그 개새끼를 어떡해서든 구했어야 했는데.
강찬은 나직하게 숨을 토해 냈다.

⚜ ⚜ ⚜

김형정은 코와 왼쪽 볼, 그리고 오른쪽 턱 부근이 커다랗게 부어올랐고, 눈 끝과 볼, 입술 주변이 온통 피범벅이었다.
끼이익. 끼이익.
천장에 매달린 끈이 김형정의 몸이 부담스럽다는 듯 거북한 소리를 토해 냈다. 무릎이 구부러졌을 정도로 다리에 힘이 풀려서, 위로 묶인 두 팔이 아니었다면 벌써 바닥에 뒹굴었을 거다.

"간나 새끼래, 더럽게 독종이구나야!"

끼이익. 끼이익.

옷을 입지 못한 상체 곳곳이 찢어지고 갈라져서 피와 멍이 고스란히 드러났다.

"이름하고 소속만 대라우! 기럼 보내 준다잖니!"

콱!

피에 엉겨 있던 김형정의 앞머리를 사내가 거칠게 움켜쥐었다.

"중국에 보내 주갔어. 기럼 거기에서 동무는 다시 남조선으로 가게 되는 기야. 동무의 이름과 소속, 2개만 씨부리라는 긴데, 뭐 이리 시간을 끄네?"

팽개치듯 머리를 집어던진 사내가 가늘고 기다란 송곳을 잡았고, 그때 '끄으으으윽! 끄아아아악!' 하는 소리가 바로 옆에서 지르는 것처럼 처절하게 들렸다.

"보라우. 옆방에서 저렇게 힘들어하잖네. 기카고, 이걸로 손가락을 길게 뚫으면 손톱이 안 자라나는 기야. 알갔니? 손가락 뼈다구를 타고 이게 들가면, 신경이 끊어져."

"후우."

김형정이 숨을 길게 내쉬자 침과 엉긴 피가 길게 늘어지며 바닥에 떨어졌다.

"말하갔네?"

김형정의 고개가 반사적으로 흔들렸다.

"이! 종간나 새끼!"

사내가 김형정의 왼손 두 번째 손가락을 우악스럽게 잡아챘다.

"으으윽!"

"간나 새끼! 말하라우!"

"끄으으으! 끄으으으윽!"

이를 악문 김형정이 미친 것처럼 고개를 저어 댔다.

⚜ ⚜ ⚜

점심시간을 포함해서 4시간 만이다.

임시 막사일 줄 알았는데 제대로 지어진 소규모 기지였다.

사람 키 높이의 철조망.

정문이 있는 곳을 제외한 좌측, 우측, 뒤쪽이 산으로 둘러싸였고, 가운데 운동장을 중심으로 시멘트 건물 5동이 둥그렇게 놓였다.

거기에 정문과 왼쪽, 오른쪽에 초소가 있었다.

강찬은 무거운 표정으로 기지 주변을 살폈다.

기지에서 20미터 높이는 전부 바위로 된 절벽이다.

누가 무슨 짓을 해도 단박에 눈에 띌 수밖에 없는 천혜의

지형이었다.

10분쯤 부대를 살펴본 강찬은 대원들을 불러 모았다.

"왼편부터 1번, 2번, 3번, 4번, 5번 건물로 부른다. 무전병!"

대원 하나가 턱을 짧게 들었다 내렸다.

"저격수."

다른 대원 둘이 비슷하게 턱을 치켜들었다.

"구대장, 2인 1조로 저격수 배치해라. 가능하면 2번과 5번 건물 뒤로 보내. 위장 철저하게 시키고."

"알았습니다."

제라르가 저격수와 대원 한 명을 위치로 보냈다.

"무전병, 본부하고 연락 방법은?"

"위성 전화 연결입니다."

"도청이나 위치 추적은?"

"위성을 사용하기 때문에 위치를 발각당할 확률은 있습니다."

그래서는 전화를 쓰기 어렵다.

강찬이 고개를 저을 때 제라르가 다가왔다.

"나머지는 일단 휴식하자."

제라르가 고개를 끄덕였다.

"경계 세우는 거 잊지 말고."

"그 정도는 압니다."

강찬이 피식 웃는 동안 제라르가 대원들에게 지시를 내렸다.

"갑갑하게 됐소."

"그러게."

쯧!

아무리 급하게 왔다지만 이런 기지라면 정보를 좀 더 줬어야 맞다.

"일단 잠깐 생각하자. 경계 인원과 교대 시간 확인해."

"알았소."

"30분 뒤에 교대한다."

"중요한 거 신경 쓰쇼. 이런 건 내가 더 잘해요."

강찬은 군 기지가 내려다보이는 곳에서 몸을 뺀 다음 적당한 바위에 등을 기대고 바닥에 주저앉았다.

당장 뾰족한 수가 생각나지 않았다.

북한 특수군이다. 그것도 최소 서른.

기습을 하지 않으면 승산이 없는 싸움인데.

딱. 딱.

그때, 엄지와 중지를 튕기는 소리가 들렸다.

강찬은 재빨리 다예루에게 다가갔다.

"사람 소리 아니오?"

신경을 곤두세우고 잠시 집중하고 있자니 실제로 처절한 비명이 아슬아슬하게 들렸다.

"후우!"
"맞지요?"
"고문하는가 보다."
"이, 씨발."
석강호가 욕을 뱉었다.
이런다고 지금 출발할 수도 없다.
이렇게 화창한 대낮에 절벽에 매달리면 놀이공원 사격장에 걸린 싸구려 상품만도 못한 꼴이 된다.
놈들은 절벽에 매달린 대원의 목숨을, 2발 안에 상품으로 챙길 거다. 거기다 구출 작전을 알고 포로들을 죽이려 든다면 막을 방법도 없다.
바람을 탄 것처럼 비명이 또 들려왔다. 해는 아직 고개를 젖혀야 보일 정도로 높이 있는데 말이다.
못 들었다면 모를까, 한번 듣고 나자 계속해서 귀를 파고 들었다.
강찬은 이를 꽉 깨물었다.
아프리카에서 구출하지 못했었던 병아리가 떠올랐다.

'나 잘했죠?'

물병을 들고 와서 칭찬받고 싶어 하던 놈이 적군에 둘러싸여 커다란 칼에 찔리고 있을 때, 그때 질러 대는 비명이 꼭 저랬다.

적의 목을 가르고 심장에 칼을 꽂았을 때 병아리는 이미 형체를 알아보기 어려웠다.

1분, 아니 30초만 더 빨리 도착했어도.

다예루를 구할 때처럼 조금만 빨리 갔더라면.

바람을 타고 전해지던 비명이 그치자 강찬은 커다랗게 숨을 들이마셨다.

"다예."

눈빛이 얼마나 번들거렸는지 다예루는 대답도 않고 바라보기만 했다.

"지금 친다."

"알았소."

강찬은 결심을 굳히고 뒤쪽으로 움직였다.

그를 본 제라르가 긴장한 얼굴로 자리에서 일어났다.

"구대장."

"말씀하십쇼."

"우리 화물이 고문당하는 모양이다. 일몰 때를 노려야겠지만, 시체를 찾으러 가고 싶지는 않다."

제라르는 강찬의 눈을 똑바로 보고 있었다.

"다예루와 내가 내려가겠다. 저격수 지원해 주고, 작전이 실패하면 대원들 데리고 왔던 길로 돌아가라."

"흐– 웅!"

제라르가 기가 차다는 듯 코웃음을 먼저 쳤다.

"내가 병아리인 줄 압니까?"

이 새끼가?

"전에도 날 그렇게 무시하던 양반이 한 명 있는데."

말을 하다 말고 제라르가 이를 꽉 깨물었다.

"나까지 셋 내려갑시다."

"밑에 특수군이 삼십이야."

"그러니까 같이 가자고!"

차마 고함을 지르지 못하고 으르렁거렸다.

"전에 나 다른 곳 보낸 양반처럼 바보짓 하지 말고 같이 가자고! 내가 지켜 줄 거니까! 다시는 그렇게 안 보낼 거니까! 그러니까 나도 가. 나도 가야겠어!"

"구대장."

"시끄러! 나도 가면 가고, 아니면."

이 새끼는 억지를 부리는 거다.

"내가 우리 대원 둘과 내려갈 테니까 문제 생기면 당신이 인솔해서 돌아가."

강찬이 피식 웃어도 제라르는 반응이 없었다.

석강호가 약속해 달라고 할 때의 눈빛이었다.

이 새끼는 아직도 외로운 거다. 잘난 척, 센 척하면서 살지만, 아직도 의지할 곳을 찾지 못한 거다.

"역레펠로 갈 거다. 하네스와 교신기 3개씩 준비해라. 바닥까지 2초 안에 도착해야 한다."

"알았습니다."

제라르가 숨을 커다랗게 쉬었다.

"내려가기 전에 대원들 소집시켜."

"그런 건 그냥 알아서 하게 두십쇼."

이 새끼, 정말 다 컸다.

제라르가 먼저 몸을 돌렸다.

강찬은 다시 석강호에게 걸어갔다.

"제라르와 셋이 간다."

"그 병아리하구요?"

"말은 바로 하자. 중닭은 된 거다."

석강호가 히죽 웃었다.

이미 긴장을 꿀꺽 처먹어서 눈빛도 번들거린다.

죽을지 모르는 길이다. 어떤 새끼는 긴장을 못 이기는 반면에, 다예루 같은 놈은 묘한 쾌감을 느낀다.

"특이 사항은 없지?"

"아직 없소. 비명이 안 들리는 게 더 신경 쓰이우."

적 기지를 노려보고 있는 동안 제라르가 대원들과 함께 나타났다. 무전기를 받아 석강호와 몸에 걸었고, 허리 뒤에 하네스를 채웠다.

강찬은 먼저 침투 경로와 그 뒤에 펼칠 작전 계획에 대해 설명했다.

"바로 친다. 나, 다예루, 구대장이 먼저 내려가고 거점 확보하면 뒤에 내려와라. 만약 상황이 좋지 않으면 바로 왔던 길로 퇴각하거나, 아니면 상황에 따라 내가 지정해 주는 장소로 이동한다. 질문?"

"사격 명령은 누가 내립니까?"

"우린 그런 거 따지지 말자. 위험하면 그냥 갈겨. 단, 내가 지시할 때까지 연사는 없다."

눈짓을 교환한 대원들이 짧게 고개를 끄덕였다.

치잇.

"저격조 2번 건물 앞이 1조, 5번 건물 앞이 2조다. 5분 뒤에 내려간다. 상황에 따라 사살하되 철조망을 끊을 때까지는 자제한다. 3번 건물 뒤쪽으로 침투할 예정이니까 문제가 있을 때 바로 연락하도록."

치잇.

[1조, 확인.]

치잇.

[2조, 확인.]

대원들이 모두 무전기를 걸어서 지금의 대화를 전부 듣고 있었다.

"병아리."

모두의 시선이 신병에게 쏠렸다.

"내려오면 내 명령이 있기 전에 뛰어들지 마. 이건 명령이다."

"알았습니다."

강찬이 왼 팔뚝 주머니에서 황색 두건을 꺼내 얼굴을 가리자 다예루와 제라르, 그리고 대원들이 모두 그 뒤를 따랐다.

나무에 자일을 묶고 등 뒤에 8자로 매듭을 건 다음 절벽에서 아래를 보고 달려가는 방식이다.

20미터를 2초에 내려가면 거의 떨어지는 수준과 다를 바 없다. 왼손에 장갑을 2개나 꼈는데, 그래도 어느 정도 부상은 각오해야 한다.

준비를 마친 강찬과 다예루, 그리고 제라르가 절벽에 다가섰다.

치잇.

[하강 준비 끝. 저격조, 이상 보고.]

치잇.

[1조 대기 중. 특이 사항 없음.]

치잇.

[2조 대기 중. 2번 건물에서 3명 나왔음. 하강조, 잠시 대기.]

강찬은 2번 건물로 시선을 돌렸으나, 3번 건물에 가려서 제대로 보이지 않았다.

강찬의 왼쪽이 제라르, 오른쪽에 다예루가 섰다.

치잇.

[2조 대기 중. 3명 해제. 특이 사항 없음.]

강찬은 좌우를 한 번씩 보고는 몸을 내밀었다.

보통은 절벽에 나가서 자세를 잡아야 했는데, 지금은 그것조차 허용되지 않는다.

파바바바바박.

눈으로 매서운 바람이 들어오면서 바닥이 달려들었다.

촤아악.

왼 손바닥과 검지가 찢어지는 것처럼 느꼈을 때, 이미 땅이 눈앞에 있었다.

촤아아악!

강찬이 줄을 꽉 잡아당기자 가슴을 중심으로 몸이 바로 섰다.

처억. 척.

왼쪽과 오른쪽도 무사히 도착했다.

줄이 올라갔고, 다예루와 제라르가 바닥에 붙다시피 자세를 낮췄다.

치잇.

[작전조, 대기하라.]

무전에서 급한 경고음이 들렸다.

강찬도 납작 엎드려 바닥에 붙었다. 흙냄새가 불쑥 코로 들어왔다.

줄이 아직 못 올라갔을 텐데.

후욱. 후욱.

숨소리가 확실하게 귀에 들린다.

치잇.

[작전조, 이동.]

무전과 동시에 강찬이 앞으로 달렸고, 제라르와 다예루가 옆을 지켰다.

"끄아아악!"

3번 건물에 도착하자 곧바로 처절한 비명이 들렸다.

강찬이 먼저 철망을 살핀 다음, 손을 내밀었다.

척.

제라르가 절단기를 넘겨주었다.

다예루와 제라르가 주변을 살피며 철망을 붙들었다.

뚝. 뚝. 뚝. 뚝. 뚝. 뚝. 뚝. 뚝. 뚝. 뚝.

치잇.

[철망 제거. 저격조, 지시 바람.]

치잇.

[침투조, 진입.]

다예루와 제라르가 철망을 당겨 주는 틈으로 강찬이 빠르게 안으로 들어갔다.

"끄으으으으! 끄아아아아악!"

3번 건물에서 2명 이상의 비명이 계속 터져 나왔다.

치잇.

[침투조, 대기. 3번 건물에서 1명 나옴. 사유 불명. 저격 준비 완료.]

콰앙.

문 닫는 소리가 나중에 울렸다.

강찬은 발에 매단 대검을 꺼냈다.

후욱. 후욱.

그리고 고개로 다예루와 제라르를 양쪽에 벌려 세웠다. 최악의 순간에 함께 총을 맞는 일을 피하기 위해서다.

치잇.

[4번 건물로 들어갔다. 침투조, 이동.]

강찬은 대검을 꽂고 검지와 중지로 자신의 눈을 가리킨 다음, 두 사람에게 자리를 지정했다.

5번 건물까지 이동한 강찬은 벽에 붙어 자세를 낮춘 채로 초소를 살폈다.

한 놈이다.

강찬은 검지를 위로 들어 세 바퀴를 돌린 다음, 5번 건물 앞의 초소를 가리켰다.

치잇.

[3번 초소에서 보입니다. 잠시 대기.]

숨소리가 확실하게 들렸다.

강찬은 슬쩍 산을 둘러보았다. 타고 내려온 흔적은 전혀 보이지 않았고, 햇살과 바람이 태연하게 기지 주변을 떠돌고 있었다.

치잇.

[5번 초소 작전.]

파바바바박.

자세를 최대한 낮춘 채로 강찬은 철망을 따라 5번 초소의 벽으로 움직였다.

초소는 창문이 없다.

철망과 초소 사이로 들어간 강찬은 대검을 꺼내 들고 천천히 몸을 일으켰다.

특수군이다. 어설프게 대하면 여기서 모두 끝난다.

적은 소총을 앞에 두고 바른 자세로 앉아 있었다.

강찬은 두 팔을 천천히 들어 올렸다.

와락. 써걱.

그리고 적의 입을 틀어막으며 대검을 목에 대고 힘껏 당겼다.

꾸륵. 꾸르륵.

일부러 내는 소리가 아니다. 피와 허파에 있던 공기가 성대를 움직여 나는 소리다.

치잇.

[5번 초소 완료. 3번 건물 진입.]

강찬은 창을 타고 초소로 늘어가 적의 등을 받치고 대기

했다. 아직도 비명이 들려왔고, 건너편에서 다예루가 움직이는 게 보였다.

생각보다 잘해 내고 있었다.

강찬은 대검을 적의 몸에 닦고 발에 꽂아 넣었다.

치잇.

[3번 초소 작전.]

강찬은 정문과 3번 초소를 번갈아 보았다.

잠시 후, 팔 2개가 올라오고 적의 몸이 움찔했다. 초소 2개가 끝난 거다.

덜컹.

그때, 4번 건물이 열렸다.

강찬은 얼른 3번 초소를 보았다. 아직 다예루의 손이 놈의 입을 막고 있었다.

후욱. 후욱.

보이면 끝이다.

소총을 잡은 강찬은 건물로 시선을 돌렸다.

우뚝.

4번 건물에서 나온 놈은 3번 건물 앞에서 걸음을 멈추고 초소를 보았다. 강찬이 시선을 돌렸을 때, 초소에 있는 적은 정문 쪽으로 고개를 돌리고 있었다.

다예루는 보이지 않았다.

다시 시선을 돌린 곳에서 적이 3번 건물의 문을 열고 들어가는 것이 보였다.

치잇.

[3번 초소 확보.]

다예루의 음성이었다.

치잇.

[3번, 5번 초소 모두 확보.]

강찬이 프랑스어로 답을 하자 2번과 3번 건물 사이에서 제라르의 모습이 보였다.

치잇.

[대기조, 잠입 대기.]

강찬의 무전이 있고, 잠시 뒤에 '대기 완료.'란 답이 왔다.

치잇.

[저격 1조, 정문 초소 조준. 저격 2조, 엄호. 대기조 잠입.]

강찬의 명령이 떨어지자 절벽을 타고 대원들이 내려왔다. 셋씩 내려오는 거라 두 번만 시간을 벌어 주면 된다.

피가 마르는 시간이었다. 늦는 게 화나는 게 아니라 절벽에 매달렸다가 총을 맞을 것이 염려돼서였다.

첫 조가 무사히 내려왔다.

다음은 두 번째다.

강찬이 보기에 가장 왼편에 매달린 게 신병이었다.

미치게 답답했지만 다른 방법이 없었다. 이렇게 실력을 쌓는 거다.

이런 경험이 쌓이고 쌓여서 어느 순간이 되면 자전거를 타는 것처럼 자연스럽게 움직여진다. 그때부터 눈에서 섬뜩한 눈빛이 나온다. 어떤 순간에도 눌리지 않고 칼을 들이대거나 방아쇠를 당길 수 있는 사람의 눈빛을 자연스럽게 내비치는 거다.

강찬은 나직하게 숨을 내쉬었다.

다 내려왔다. 줄이 빠르게 다시 올라갔다.

통신병은 남는 게 맞다.

지금은 밧줄을 걸어 올리는 것만도 커다란 도움이…….

"저거이 뭐네!"

그때, 섬뜩한 외침이 들렸다.

치잇.

[1조, 정문 초소 사격.]

강찬의 말이 떨어지기 무섭게…

푸슝! 퍼억!

정문 초소에 있던 적의 이마에서 피가 튀었다.

강찬은 소총을 겨눈 자세로 빠르게 3번 건물로 달렸다.

건물 옆에 있던 제라르가 입구로 움직였고, 2번 초소에 있던 다예루가 소총을 겨눴다.

덜컹.

4번 건물이 열렸다.

타아앙!

강찬이 방아쇠를 당기자 앞의 놈이 풀썩 넘어갔다.

타아앙. 타아앙. 덜컹!

강찬이 2발을 더 쐈을 때 3번 건물이 열렸다.

타아앙. 타아앙.

제라르가 기다리고 있다가 바로 옆에서 방아쇠를 당겼다.

덜컹. 풋슝.

5번 건물이 열리자마자 저격수가 적의 머리를 날렸다.

콰악.

강찬은 3번 건물 문 옆에 섰다. 소총을 겨눈 채 눈짓으로 제라르와 숫자를 셌다.

하나, 둘.

콰아악! 화다닥.

제라르가 문을 찼고, 강찬이 달려들었다.

타앙. 타앙. 타앙.

세 놈의 등 뒤에서 커다랗게 피가 튀었다.

화다닥.

제라르가 뛰어들었다.

입구 앞에 책상이 2개 있고, 왼편으로 복도가 나 있는데 좌우로 방이 있었다.

밖에서는 연신 총소리가 들렸다.

강찬과 제라르는 가장 앞에 있는 방에 몸을 기댔다.

후욱. 후욱.

문을 당겨야 열리는 구조다.

제라르가 문을 당겼고, 강찬이 빠르게 안을 살폈다.

포로다.

퉁퉁 붓고 피투성이여서 얼굴조차 분간이 안 됐다.

손가락이 찢어진 것처럼 뼈가 나와 있었다.

다음 방도 마찬가지였다.

여전히 총소리가 요란한 가운데, 간간이 저격수들이 쏘는 독특한 총소리가 섞였다.

다음 방 앞에 선 강찬은 제라르와 눈을 맞췄다.

확! 와락.

감이다. 이런 건 정말 감각이라고밖에 말 못한다.

문이 열리고 뛰어드는 순간에 적이 안에 있다는 걸 확신하는 거다.

타아앙! 털썩.

후욱. 후훅.

다행히 뒤의 포로는 이상이 없었다.

아무리 얼굴을 몰라볼 정도로 상했다고 해도 김형정은 아직 안 보였다. 체형이 그렇다.

타다다다당. 타다당. 타다다다당.

지금껏 듣지 못했던 총소리가 들렸다. 적들이 어느 정도 자세를 잡았다는 뜻이다.

덜컹!

그와 동시에 입구로 두 놈이 뛰어 들어왔다.

타아, 타아앙. 타아앙.

강찬과 제라르가 거의 동시에 방아쇠를 당겼고, 강찬이 한 번 더 쐈다.

적이 3번 건물로 뛰어들 만큼 저격수가 바쁘다는 의미다. 그렇다면 아군 전체가 바쁘다는 말도 된다.

강찬은 좀 더 서두르기로 했다.

다섯 번째 방까지가 비었다.

제라르는 어쩐지 흥분한 느낌이었다. 총을 겨눈 채로 움직이는 미묘한 동작의 차이가 그랬다.

작전만 아니라면, 당장 세워서 욕을 한 바가지 퍼부어 줬을 텐데.

총소리가 점점 많이 들렸다.

이렇게 되면 아군이 불리하다. 석강호는 나무판자로 된 초소에 있는 거다.

일곱 번째 방에 들어선 강찬은 잠시 멈칫했다. 김형정이다. 왼손 검지에 송곳이 꽂혀서 두 팔을 묶인 채 매달려 있었다.

살았으면 됐다.

이 건물 수색이 끝나서 포로들의 안전만 확보하면 우선 될 거다.

김형정이 슬쩍 눈길을 주었다가 움찔했나. 지금은 아니다.

강찬은 총을 겨냥한 채로 조심스럽게 뒤로 물러났다.

방은 3개 남았다.

빌어먹을!

강찬은 제라르를 무섭게 노려보았다. 놈이 강찬의 위치에 먼저 가 있었다.

이를 꽉 깨물었는데, 그렇다고 지금 위치를 바꾸라고 나무랄 수는 없는 일이다.

'개새끼, 나중에 보자.'

강찬의 시선을 받은 제라르의 눈이 '마음대로 하시고 문부터 여시죠.' 하는 것처럼 느껴졌다.

할 수 없이 강찬이 문고리에 손을 댔다.

시선이 마주치는 순간,

와락.

문을 열었고 제라르가 달려들었다.

타앙. 타다당. 타앙.

이런 소리가 나면 안 되는 거다.

강찬은 문을 발로 젖히며 오른쪽 무릎을 꿇었다. 정면에 주저앉은 적이 보였다.

타아앙! 털썩!

제라르?

문 앞에 제라르가 무너져 있었다.

콰앙.

그때, 남은 2개의 문이 열리며 적이 튀어나왔다.

타아앙! 타아앙!

강찬은 상체만 돌려 방아쇠를 당겼다.

퍼억! 픽!

놈들의 뒤 벽으로 피가 커다랗게 튀었다.

남은 방 2개를 먼저 살폈으나 포로들만 있었다.

치잇.

[3번 건물, 화물 확보. 구대장이 당했다.]

치잇.

[대장, 무슨 말이오?]

강찬은 빠르게 제라르에게 달려갔다. 가장 먼저 왼편 어깨와 가슴이 피에 흠뻑 젖어 있는 것이 보였고, 다음으로 어깨와 심장 사이에 난 구멍이 눈에 들어왔다.

"구대장!"

제라르가 힘겹게 눈을 떴다. 다른 곳을 살폈으나 다행히 총상은 그곳뿐이었다.

"화물은요?"

"무사히 다 확보했다."

"뭐합니까? 얼른 나가서 애들 챙기십쇼."

"개새끼."

제라르기 입끝을 살짝 올렸다.

"한국 욕은 느낌이 참 좋습니다."

서둘러야 할 때였다. 의식은 있지만 이대로 출혈이 계속되면 위험한 상황에 놓인다.

타아앙. 타앙. 타다당. 타다다당. 타앙.

총격전은 계속 이어지고 있었다.

치잇.

[무전병.]

치잇.

[무전병 대기 중.]

치잇.

[헬기 요청해라. 10분에 한 번씩 확인한다. 구대장이 당했다. 포로들의 상태도 위험하니까 의료용품, 특히 혈액 요청한다.]

치잇.

[알았습니다.]

강찬은 3번 건물 현관 앞으로 나섰다.

치잇.

[사격조, 상황 보고.]

치잇.

[4번 건물만 남았음. 아군 부상 없음.]

강찬은 입구에 몸을 가리고 서서 초소를 보았다.

타다당. 타앙. 타앙. 타당. 타다당.

3번 초소에서 석강호가 연신 총을 쏘고 있었으나 적들이 시멘트 건물 안에서 저항하고 있는 거라 딱히 방법이 없어 보였다.

치잇.

[다예, 화물은 확보했는데 구대장이 당했다.]

치잇.

[씨발. 얼마나 심한 거요?]

이 새끼는 무전에 대고!

치잇.

[어깨 관통했어. 헬기를 불렀으니까 20분 안에 4번 건물 해결해야 돼.]

치잇.

[알았소. 어쩔 거요?]

타다당. 타앙. 타앙. 타다다당.

석강호가 있는 초소 건물의 파편이 요란하게 튀었다.

치잇.

[내가 간다. 엄호 준비! 연사해.]

치잇.

[알았소.]

타다다당. 타앙. 타다당. 타다다당.

치잇.

[갓 오브 블랙필드다. 내가 4번 건물로 들어간다. 지금부디 3점사로 바꾼다. 신호하면 적들이 못 나오게 일제사격

한다. 내가 들어간 후에 합류해라.]

치잇.

[알았습니다.]

타다다당. 타앙. 타앙.

치잇.

[저격 1조, 3번 건물에서 뛰어든다. 엄호해라.]

치잇.

[알았습니다.]

강찬은 먼저 탄창을 갈았다.

치잇.

[엄호!]

타다당. 타다당. 타다당. 타다당. 타다당.

총소리가 바뀌었고, 중간에 '픗슝. 픗슝' 하는 저격병의 총소리가 끼어들었다. 집중사격 때문에 창에서 반항하던 놈들이 몸을 숨긴 틈이다.

후다닥!

강찬은 4번 건물 현관 가까이에 붙어 섰다.

타다당. 타앙. 타앙. 타다당.

바로 안쪽에서 연신 불꽃이 보였다.

후욱. 후욱. 후욱. 후욱.

호흡을 고른 다음.

하나, 둘.

강찬은 소총을 겨눈 채, 건물로 뛰어들었다.

타앙. 타앙.

현관에 있는 놈을 해결하자, 창에 매달렸던 적들이 몸을 돌렸다.

타앙. 타앙. 타앙. 타앙. 타앙. 타앙.

철컥!

움직이는 놈이 없는지 빠르게 살폈다.

구형 숙소다. 양쪽으로 마주 보는 침상과 복도에 적들이 어지럽게 널브러져 있었다.

후다닥!

대원들이 뛰어들어서 급하게 시체들을 겨냥했다.

뭐야? 정말 혼자서 이걸 다 해치운 거야?

눈만 내놓은 놈들이 놀란 눈으로 강찬을 보았다.

"둘씩 조를 짜서 나머지 건물 수색해."

"알았습니다."

"방심하지 말고."

네 놈이 달려 나가고, 강찬은 4번 건물을 나왔다.

치잇.

[헬기는 어떻게 됐나?]

치잇.

[15분 후 도착 예정입니다.]

강찬이 3번 건물로 들어갔을 때, 다예루가 두건으로 제라르의 어깨를 묶어 주고 있었다.

강찬은 대검을 꺼내 포로들의 손을 풀어 준 다음, 사무실 공간으로 옮겼다.

앞에서부터 순서대로다. 김형정이 바라는 게 그걸 거다.

제라르를 챙긴 다예루가 나서자 속도가 훨씬 빨라졌다.

강찬은 김형정 앞으로 달려가 가장 먼저 검지에 꽂혀 있던 송곳을 잡아 뽑았다.

"끄으윽!"

대검으로 손을 묶었던 끈을 자르고 그를 안았다.

"괜찮으세요?"

김형정이 놀란 눈으로 강찬을 보았다.

"헬기가 올 겁니다. 밖에서 대기하겠습니다."

'설마' 하는 얼굴이었다. 얼굴을 가렸다고 해도 눈은 다 보인다.

김형정의 어깨를 받친 채 사무실 공간으로 나왔을 때였다.

"씨발 놈들, 더럽게 잔인하네."

석강호의 툴툴대는 소리가 들렸다.

"석 선생? 석 선생이오?"

석강호는 얼굴을 그대로 드러내고 있었다.

놈이 씨익 웃는 것을 본 김형정이 얼이 빠진 얼굴로 강찬을 보았으나, 지금은 챙길 것이 너무 많았다.

"잠시 뒤에 뵙죠."

남은 건물 수색과 포로들을 사무실로 옮기는 데 시간이 꽤 걸렸다.

치잇.

[헬기 도착 5분 전입니다.]

치잇.

[저격조, 통신병, 집결해라.]

치잇.

[알았습니다.]

강찬은 얼굴을 가렸던 두건을 벗고 김형정에게 다가갔다.

"강찬 씨?"

"다행입니다."

통증 때문에 김형정은 연신 인상을 찌푸렸다.

두두두두두두.

멀리서 헬기의 소리가 들렸다.

제2장

돌아오는 길

치누크의 시끄러운 소리가 이렇게 반갑기는 또 오랜만이다.

포로들과 제라르를 3번 건물 앞으로 옮기는 동안 저격조와 통신병이 내려왔다.

작전에 성공했을 때, 그리고 상대방이 이름 있는 적일 때 대원들이 갖는 자부심이 그들의 눈빛에 고스란히 올라와 있었다. 이런 일이 두세 번 반복되면 대원들은 지휘자를 끝없이 신뢰한다.

두두두두두두.

헹기 소리가 기지를 둘러싼 암벽에 맞고 메아리처럼 울릴 때였다.

치잇.

[배달부, 황새다. 군 기지가 보인다.]

치잇.

[알았다, 황새.]

소리가 바로 위에서 나오는 것처럼 요란했다.

두두두두두두.

마침내 헬기가 보이고, 흙먼지가 거세게 일었는데 암벽에 갇힌 소리 때문에 정신이 아득할 정도였다.

"디미네쥐몽!"

치누크의 문을 향해 포로들을 부축했고, 다예루가 제라르를 안고 달렸다.

"서둘러!"

강찬은 연신 악을 썼다. 헬기가 뜨고 내릴 때가 얼마나 위험한지를 알기에 1초가 아까울 지경이었다.

대원들이 정신없이 달려 마침내 다 탔다.

강찬이 발을 딛는 순간 헬기는 이미 몸을 띄우고 있었다.

두두두두두두.

"후우."

강찬은 길게 한숨을 내쉬었다.

헬기에 타고 있던 군의관이 제라르의 팔에 혈액과 링거를 꽂았다.

"어때!"

"출혈이 너무 심합니다!"

강찬은 눈살을 찌푸렸으나 당장은 방법이 없었다.

개새끼. 작전에 나서서 들뜨는 멍청한 놈!

이런 걸 중닭쯤 됐다고 믿은 게 다 억울했다.

제라르에게 2개의 주사약을 투입한 군의관이 포로들을 보고 질린 얼굴을 했다. 우선 급한 건 손가락이 벌어져 뼈가 나온 포로여서 그의 옆으로 움직였다.

강찬이 헬기에 등을 기대고 앉자 대원이 담배를 건네주었다.

두두두두두두.

두 번이나 애써서 불을 붙였고, 거의 모두라고 해도 좋을 만큼 담배를 물었다. 치누크 조종사가 지랄할 일이지만, 지금은 끄라고 해 봐야 말을 들을 놈은 하나도 없다.

"후우!"

살 것 같았다.

김형정은 믿기지 않는다는 얼굴로 강찬과 헬기 안을 둘러보고 있었다. 물론 대원이 찔러 준 담배를 입에 물고서였다.

⚜   ⚜   ⚜

달칵.

문을 연 보좌관이 책상으로 다가와 라노크의 귀에 고개

를 가져갔다.

"무슈 강이 구출에 성공해서 귀환 중이라고 합니다. 외인부대 1명 부상이 전부입니다."

라노크가 믿기지 않는다는 얼굴로 보좌관을 본 다음, 다시 책상 위에 놓인 시계로 시선을 가져갔다.

"몽고는 오후 6시가 조금 넘었겠군."

"거기에 북한 특수군 전원 사살입니다. 외인부대 특수팀 사상 가장 완벽하고 멋진 작전으로 기록될 것입니다."

"정말 믿기 어려운 결과군."

라노크가 작게 고개를 저었다.

"중국과 미국의 반응은?"

"특이 동향은 아직 확인된 바 없습니다."

볼펜을 책상에 세운 라노크가 묘한 미소를 지었다.

"포로들을 이송해서 한국과 나를 압박하겠다던 중국의 계획이 완전히 무산된 거군. 거기에 북한이 파견했던 특수군까지. 이렇게 되면 내가 특수전에서만큼은 완벽하게 우위를 점했다는 평가가 나올 테고."

라노크는 고개를 살짝 비틀어 보좌관을 보았다.

"정보총국에 연락해서 이번 작전에 참여한 대원들에게 확실히 포상할 수 있도록."

"전달하겠습니다."

보좌관이 나가자 라노크가 의자에 몸을 묻었다. 그러고는 혼잣말을 중얼거렸다.

"무슈 강, 이렇게 되면 정말 중국과 겨뤄 볼 만합니다."

⚜ ⚜ ⚜

다르항 공항에서 C295 수송기가 출발한 것은 현지 시각으로 밤 8시가 조금 넘었을 때였다. 무엇보다 제라르의 상태를 살피고, 그 외 한국팀의 부상을 돌보는 데 시간이 걸렸다.

저녁은 역시 씨-레이션으로 때웠다.

비행기가 고도를 잡자 강찬은 그제야 마음이 놓였다.

제라르가 의식을 찾아 담배를 달라고 한 때부터 분위기도 좋아졌다.

특수팀이다.

작전을 대충 짐작한 군의관도 제라르가 담배를 피우는 것에 대해 다른 말을 하지는 않았다.

"커피 드시겠습니까?"

신병이 강찬에게 건넨 말이다. 그는 강찬을 존경하는 눈빛으로 대했는데 정도의 차이만 있지, 다른 대원들도 다르지 않았다.

"혹시 작전을 자주 합니까?"

맞은편에 있던 1조 저격수가 강찬에게 소리치지 시선이

단박에 달려들었다.

"다음번에도 꼭 끼워 주십쇼!"

강찬이 피식 웃을 때 '우리 다 같은 생각이야! 나중에 구대장에게 말할 참이었어!' 하고 한 놈이 더 크게 악을 썼다.

신병이 봉지 커피가 담긴 종이컵을 쭉 나눠 주고는 자리에 앉았다. 그러면서 자꾸만 강찬을 힐끔거렸다.

"왜?"

"베레모하고 두건, 주면 안 됩니까?"

"뭐라는 거요?"

"베레모하고 두건 갖고 싶단다."

"사인해 달란 소린 안 합디까?"

석강호가 히죽 웃으며 보자 신병이 시선을 피했다.

강찬은 베레모를 벗어 그 안에 두건을 넣고 신병에게 던져 주었다.

자랑하려는 마음은 없다. 정말 두려울 때, 그리고 숨이 막힐 정도로 겁이 날 때, 저 베레모와 두건을 쓰고 조금이라도 얻는 게 있었으면 싶은 마음이었다.

"씨발, 학교 가기가 싫으네."

석강호는 진심처럼 보였다. 새벽까지 마누라가 어쩌고저쩌고하더니 이 새끼는 이제 이런 삶이 좋아진 거다.

김형정은 물론이고 포로들은 깊은 잠에 빠졌다. 긴장이 풀린 데다 진정제를 투여한 탓이다.

아닌 게 아니라 비행기 벽에 링거 팩이 열댓 개 걸려 있었다.

강찬은 담배를 꺼내다가 바로 옆에 누워 있는 제라르와 눈이 마주쳤다.

"담배 줘?"

제라르가 고개를 저었다.

강찬이 담배를 물고 불을 붙이는 사이, 제라르는 힘들게 침을 삼켰다.

"다음 작전은 언젭니까?"

"이제 없어. 그리고 있어도 작전 중에 흥분하는 구대장과는 함께할 마음 없다."

"그냥 신이 났었습니다."

"그 바람에 어깨에 구멍도 난 거다."

"좋은 걸 어쩝니까?"

"미친 새끼."

한국어로 욕을 하자 제라르가 픽 하고 웃었다.

"휴가 받으면 찾아갑니다."

"너는 안 돼."

"왜요?"

"정신 빠진 놈하고 같이 지낼 마음 없다."

강찬이 담배 연기를 뿜어낸 디음이었다.

"바로 갑니까?"

"어딜?"

"오산 기지에서 바로 출발하냐구요?"

강찬은 피식 웃은 다음에 답을 했다.

"너 출발하는 거 보고 가마."

이 새끼가 알고 이럴 리는 없고, 외롭게 지내다가 마음이 가는 사람을 만난 탓이겠지 했다.

⚜ ⚜ ⚜

고건우가 문재현과 청와대 산책로에 들어선 것은 9시가 조금 넘었을 때였다.

"각하, 산책 나갔던 아이들이 돌아오고 있답니다."

문재현은 짧게 시선을 주었을 뿐, 모른 척 앞을 보며 걷고 있었다.

"강찬이란 학생이 프랑스의 지원을 받아 극비리에 출국했답니다. 이번 정보 역시 프랑스 정보총국에서 의도적으로 흘려준 게 분명합니다."

"몇 명이나 온답니까?"

"팀장 포함 12명이랍니다."

문재현이 이를 깨물며 신음을 뱉었을 때였다.

"북한 특수군 전원 사살이랍니다."

이어지는 보고에 고개를 또렷하게 돌려 고건우를 보았다.

"믿기가 어렵군요."

"전원 사살은 분명한데, 오히려 강찬 학생 포함 14명이 기습했다는 보고는 확인할 필요가 있습니다. 그리고 이번 기회에 프랑스 정보총국과 핫라인을 확정할 생각입니다."

"원장은 뭐라고 하던가요?"

"원장이 희망한 사항입니다."

산책로의 중간 갈림길에 선 문재현이 청와대를 내려다보았다.

"중국의 뺨을 사정없이 후려친 꼴입니다."

고건우가 걱정스러운 투로 입을 연 직후였다.

"맞을 짓을 했으면 맞아야지요."

문재현이 숨도 쉬지 않고 답을 했다.

"비록 공개적이진 못하지만 희생된 요원들과 그 가족을 최대한 배려해 주어야 합니다."

"이미 조치해 두었습니다."

"돌아오는 요원들도요. 우리가 잘못해서 정보가 새어 나간 것이지, 그들의 실력은 부족하지 않았습니다. 필요하다면 내가 직접 만나서 사과하겠습니다."

"원장이 만나기로 했습니다. 처우, 보상 어느 것 하나 빠트리지 않겠습니다."

답을 들은 문재현이 빙그레 미소를 지었다.

"최근 몇 년 동안 속이 이렇게 후련해 본 건 처음입니다."

고건우도 억지로 웃음을 참는 얼굴이었다.

"중국을 믿고 함부로 설치던 북한도 그렇고, 그들을 등에 업고 입국을 도운 이들도 잠 좀 설칠 겁니다."

문재현이 고개를 끄덕이고는 숨을 커다랗게 들이마셨다.

"강찬 학생을 만나는 건 아무래도 곤란하겠지요?"

"각하, 강찬 학생을 위해서라도 그건 좋은 방법이 아닙니다."

"그렇죠. 그렇더라도 뭔가, 대통령으로, 한 남자로 공로를 치하해 주고 싶은데, 방법이 없겠습니까?"

문재현이 시선을 돌린 곳에서 고건우가 무언가 떠올린 표정을 짓고 있었다.

⚜ ⚜ ⚜

오산 비행장에 내린 이후, 제라르와 외인부대 대원들, 그리고 김형정과 한국 특수팀이 머물 곳으로 2개의 막사를 배정받았다.

"강찬 씨는 정말 황당한 사람입니다."

머리와 가슴, 손가락, 심지어 허벅지까지 붕대를 감은 김형정이 겨우 입을 움직여 꺼낸 말이었다.

통증 때문에 링거 팩에 달린 진통제가 꾸준하게 들어가고 있어서 김형정의 눈은 맑지 못했다.

"좀 주무세요. 내일 오전에 서울에서 구급차가 오면 경찰병원으로 이송될 거랍니다."

분하고 억울한 감정에 비참함까지 섞인 김형정의 모습을 보며 강찬은 다른 말을 하지 못했다.

작전을 펼쳤다가 이렇게 되었다면 저런 눈빛이 나오지 않는다. 따르던 요원들이 13명이나 죽었고, 몸이 만신창이가 되었는데, 이유가 제 발로 덫에 걸어 들어간 거라면 누구라도 비슷한 감정을 느낄 거다.

"팀장님, 이번은 운이 안 좋았어요. 얼른 일어나셔서 다음번에 복수하러 가죠. 한 대 맞았으니까 우리가 선제공격해서 맞은 만큼 돌려줘야죠."

김형정이 쓰게 웃었다.

"주무세요."

"고맙습니다."

김형정의 눈이 스르륵 감겼다.

쯧.

강찬은 막사를 나와 입구의 계단에 걸터앉아 담배를 입에 물었다.

끼이익.

석강호가 옆의 막사 문을 열고 나왔다.

"어기 있었소? 라면이 얼큰한 게 죽여주던데, 얼른 하나 끓여 드릴까?"

코를 훌쩍이는 그는 만족한 얼굴이었다.

"됐고, 들어가서 커피나 넉넉하게 타 와라."

"여긴 봉지 커피 없수."

"알아. 그냥 연하게 한 잔 타 와."

석강호가 안에 대고 알제리 말로 떠들자 곧바로 '다이야 밧!' 하는 대꾸가 들렸다.

문을 닫은 석강호가 강찬의 옆에 걸터앉았다.

"뭐 걸리는 거라도 있소?"

"아니."

강찬은 담배를 바닥에 비벼 껐다.

"폭발 직전처럼 보여요. 누가 건들면 꽝 터질 것처럼. 막사에 들어온 다음부터 애들이 대장 눈치 보잖소?"

내가 그랬나?

"하여간 20시간도 같이 안 있었는데 애들이 알아서 눈치 보게 만드는 걸 보면 대장은 타고났나 보우."

"그런데 넌 왜 눈치를 안 보냐?"

"나야 원래 그렇게 생겨 먹었잖소."

강찬은 풀썩 웃고 말았다.

이 새낀 정말 처음부터 이랬다.

"마음 풀어요. 김 팀장이 저렇게 된 건 안됐지만 그래도 살려서 데려온 게 어디요? 그냥 우리 그것만 생각합시다. 거기다 손가락 부상 빼면 크게 다친 곳도 없으니까 그것도 다행이고."

끼이익.

신병이 기쁜 얼굴로 양손에 머그잔을 들고 왔다.

어디나 신병은 항상……. 자신이나 다예루는 예외다.

커피를 건네주고 신병이 바로 들어갔다.

"죽은 요원들은, 잊읍시다. 이런 일이란 게 원래 그렇잖소."

이놈은 다시 석강호의 탈을 꺼내 쓰고 있었다. 하여간 적응력 하나는 끝내준다.

끼이익.

그때, 문이 또 열렸다.

어깨에 붕대를 칭칭 감은 제라르가 허옇게 뜬 얼굴을 찌푸리며 어렵게 계단을 내려오고 있었다.

"뭐하는 거야?"

"갑갑해서 그럽니다."

강찬이 풀썩 웃을 때 석강호가 히죽하는 웃음과 함께 자리에서 일어났다.

"저 새끼, 눈치가 이상합니다."

석강호가 안으로 들어가며 제라르와 불편하게 시선을 부딪쳤다. 두 새끼가 참 피곤하게 만든다.

"앉아. 담배 줄까?"

조심스럽게 다가온 세라르가 깅찬의 곁에 앉았다. 강찬은 담배 2개에 불을 붙여서 하나를 건네주었다.

"정체가 뭡니까?"

제라르가 한숨을 내쉬는 것처럼 담배 연기를 뿜은 다음, 강찬을 보았다.

"식사 후 20분 휴식, 총에 맞은 적이 모조리 심장이나 이마를 뚫린 거, 대원 안 시키고 전부 직접 하는 거, 한국어로 하는 욕, 좋죠. 지금 말한 건 다 그럴 수 있다고 칩시다. 하지만 내가 아는 한, 외인부대에서 연사를 금지시킨 사람은, 지금까지 꼭 한 사람밖에 없었소."

강찬은 그냥 보고만 있었다.

"좋았죠. 건물 뒤질 때 신이 났었습니다. 평생 꼭 한 번만 더 그렇게 싸울 수 있다면 죽어도 좋다고 생각했었으니까. 내가 의지할 수 있는 사람, 어떤 상황에서도, 흥! 날 지켜 줄 사람과, 함께하고픈 사람과 함께할 수 있다면. 그런 날을 늘 그리워했으니까. 그러니까 이제 시원하게 말해 줍시다. 정체가 뭐요?"

손가락에 끼운 채로 담배가 고스란히 다 탔다.

"구대장."

"제라르요. 작전 끝났고, 이름 서로 다 아는데 제라르라고 부르쇼. 참, 본명이 어떻게 됩니까? 아! 이건 비밀인가요?"

"말하면 믿을래?"

"믿든, 안 믿든 그건 내가 알아서 할 테니까 그냥 시원하게 설명이나 해 주십쇼. 이대로 돌아가면 머리가 혼란해서 엉뚱한 총알에 대가리 날아가게 생겼습니다."

강찬이 풀썩 웃고는 한숨과 함께 입을 열었다.

"내 이름은 강찬이다."

"제기랄. 장난치지 말고."

"이 새끼가?"

한국말 욕이 튀어나오자 제라르가 의아한 눈으로 강찬을 보았다.

"설명할 방법도 없으니까 지금까지 네가 본 대로 이해해. 나나 다예나 뭐라고 설명할까? 몸뚱이가 바뀌었다면 믿을래? 아니면 죽었다가 눈떠 보니까 혼이 이 몸뚱이에 처박혔다면 믿을 거냐? 설명할 방법이 없어. 그러니까 그냥 편하게 생각해라."

"한 가지만 물읍시다."

"뭐?"

"휘발유에 석유를 얼마나 섞어야 하는 겁니까?"

강찬이 풀썩 웃고 말았다.

"아프리카 갈 때 3대 1로 섞어. 그때는 너무 많이 섞었어. 그건 어디서 났냐?"

"유품 찾아가는 사람 없어서 내가 챙겼소."

"죽은 놈 거 가져가면 재수 없다는 말 몰라?"

"흥! 이렇게 살아난 서 보고도 그럽니까?"

"미친 새끼."

"뜬금없이 한국어 욕 좀 하지 마십쇼."

강찬이 또 웃은 다음 커피를 한 모금 마셨다.

"석 달은 작전 못 나갑니다. 다음 작전은 3개월 뒤로 잡으십쇼."

"나 이런 거 더 안 해."

제라르가 불만 섞인 얼굴로 강찬을 보았다.

"한국에선 뭐하는데요?"

"학교 다닌다."

"알았습니다."

"뭘?"

강찬은 갑자기 뒤가 켕겼다.

"학교 다닌단 걸 알았다는 뜻입니다. 왜요?"

이 새끼까지 왜 이러지?

"들어갑니다."

조심스럽게 일어나서 막사로 들어가는 제라르의 뒷모습을 보자 이상하게 한숨이 나왔다.

⚜   ⚜   ⚜

새벽 6시.

오산 군 비행장으로 6대의 응급차가 들어섰다.

"팀장님, 제가 병원으로 갈게요."

붕대 감은 손을 조심스럽게 잡아 준 강찬은 응급차의 뒷문이 닫힐 때까지 지켜봐 주었다.

6시 30분에 제라르를 포함한 부대원들과 아침 식사를 함께했는데 메뉴는 토스트와 시리얼, 그리고 과일이었다.

식사를 마친 강찬과 제라르는 막사 앞 계단에 앉아 머그잔에 담긴 커피를 마셨다.

강찬이 담배를 권하자 제라르가 받았다.

찰칵.

"후우."

"우리 언제 봅니까?"

강찬이 피식 웃으며 활주로를 향했던 시선을 가져왔다.

"꼭 한 번은 보고 싶었다. 지난번에 본 것도 감사한데, 이번엔 함께 싸운 거고. 병신같이 들떠서 어깨에 구멍 나는 멍청이를 또 보고 싶지는 않다."

제라르가 픽 하고 웃더니 자리에서 일어났다.

"알겠습니다."

"뭘, 또?"

이 새끼가 사람을 불안하게 만드는 재주를 익혔다.

"구멍 나는 놈을 안 보고 싶은 분이 학교 다닌다는 것을 알았단 말입니다."

강찬이 풀썩 웃을 때, 문이 열리고 대원들이 나왔다.

편안한 복장에 가방을 하나씩 멨고, 신병만 2개를 짊어졌다.

"가겠습니다."

"그래."

강찬은 바로 뒤로 돌아섰다.

각자 사는 곳으로 돌아가는 자리다. 이런 이별은 오래 끌면 안 된다.

석강호가 강찬을 멍하니 볼 때였다.

"갓 오브 블랙필드!"

제라르의 음성은 아니었다.

강찬이 뒤를 보았을 때, 솟아오른 태양을 짊어진 대원들이 경례를 붙이고 있었다.

대원들을 향해 풀썩 웃어 준 강찬을 따라 석강호가 입구를 향해 걸었다.

대기하던 프랑스 요원 둘이 깍듯한 태도로 승합차 문을 열어 주었고, 두 사람이 타자 곧바로 출발했다.

가방을 걸머진 채 수송기에 오르던 대원들이 승합차를 향해 시선을 두고 있었다.

잘 가라.

그리고 살아남아라.

정문을 향해 방향을 틀자 대원들의 모습을 더는 볼 수 없었다.

"무슈 강, 전화입니다."

조수석에 앉은 대원이 전화기를 넘겨주었다.

"알로."

[강찬 씨, 라노크입니다.]

"예, 대사님."

[잠시 뵐 수 있을까요?]

"알겠습니다. 어디로 갈까요?"

[그 차를 타시고 대사관으로 바로 오시면 됩니다.]

"알겠습니다."

강찬은 전화기를 요원에게 건네주었다.

"라노크가 대사관에서 잠깐 보잔다. 거기 들렀다 가자."

"알았소."

고속도로에 들어선 승합차는 버스 전용 차선을 이용해서 달렸다.

평화로운 일상이다. 끔찍한 고문, 처절한 전투를 모르는 이들이 고속도로를 가득 메운 채, 일상을 이뤄 가고 있었다.

강찬은 속에 담긴 독기가 풀어지지 않았음을 알았다.

전투를 치르고 나면 흔히 있는 일이다.

만약 제라르를 잃었다면 이들은 사람을 상대하지 않았을 거다.

한숨 푹 자고 싶었다. 그래서라도 속에 도사리고 있는 독기를 풀어내고 싶었다.

출근길임에도 승합차는 빠르게 대사관에 도착했다.

요원들이 얼른 문을 열고서 강찬과 석강호를 위층으로 안내했다.

라노크의 집무실이다.

보좌관과 루이가 입구에 서 있다가 강찬을 향해 고개를 숙였다.

들어서는 순간에 라노크가 다가왔다.

"강찬 씨."

"대사님."

악수를 나눈 후, 라노크가 가리킨 자리에 앉았는데 직원들이 바로 간단한 쿠키와 차를 준비해 주었다.

달칵!

보좌관과 루이가 문을 닫고 밖으로 나간 다음이었다.

"고생했습니다."

이런 말에는 딱히 대꾸하기가 어렵다.

"아침부터 중국과 미국, 그중에서도 중국의 정보국이 요동치고 있습니다. 놀랐을 뿐만 아니라 자존심이 상하기도 했을 겁니다."

라노크가 차를 손으로 가리켰다.

"우선 외인 특수팀에게는 우리 규정으로 최고의 포상을 내리기로 했고, 작지만 강찬 씨와 함께 고생하셨던 분에게도 프랑스 정보국에서 작은 성의를 준비했습니다."

석강호에게 준다는 거라 강찬은 거절하지 않았다.

놈은 뭔 소리인지 모른 채, 비스킷을 버석거리며 먹고 있었다.

"쇼옥꽝호? 저분께는 현금 5억을 통장으로 입금할 겁니다. 한국 정부와 조율이 끝났으니까 세금 등의 문제는 염려하지 않아도 됩니다."

"감사합니다, 대사님."

생명 수당쯤 생각하면 된다.

강찬이 고개를 돌려서 석강호에게 지금 들은 말을 그대로 전해 주었다.

"대장은요?"

"우선 네 얘기만 나왔어."

"받아도 되는 거요?"

"프랑스에서 주는 거라잖아. 일단 받아라."

"너무 크잖소."

강찬의 눈을 본 석강호가 바로 입을 다물었다.

"감사하답니다, 대사님."

석강호가 어색하게 고개 숙인 것을 라노크가 여유 있고, 세련된 동작으로 받았다.

"강찬 씨, 전에 제가 공트 자동차 주식을 드리기로 했던 것, 기억하시지요?"

"그거, 잊었습니다. 부담 갖지 마세요."

"강찬 씨는 그럴 줄 알았습니다. 금액이 커서 시간을 끌었는데, 이번에 한국 국가정보원과의 교류를 통해 현금으로 처리할 수 있게 되었습니다."

"굳이 그러실 필요 없어요. 쓸 만큼은 있구요."

라노크는 대단하다는 표정으로 차를 한 모금 마신 후, 찻잔을 내려놓았다.

"강찬 씨가 이번에 수행한 작전의 의미를 모르셔서 그럴 겁니다. 당장 유럽의 친구들과 러시아, 그리고 몇 개 나라가 숨통이 트인 일이니까요. 로리암에서 보았던 친구들이 모두 감사의 뜻을 전해 왔고, 덕분에 제 입지가 더욱 견고해졌습니다. 돈으로 환산하기 어려운 성과입니다."

뭔 소릴 하려고 서론이 이렇게 길지?

"유니콘의 발표가 좀 더 빨라질 거라 기대합니다."

이런 거라면 마음에 든다.

"그리고 유럽의 친구들이 조금씩 성의를 표시했습니다. 원래 암살 대상에 들었던 친구들이라 이번 작전에 커다란 만족감을 표하고 있습니다. 사실, 이 작전이 실패했다면 중국의 눈치를 볼 수밖에 없었던 일이라 그렇습니다."

"저는 김 팀장님을 구하러 간 겁니다. 대사님이 도와주셨고, 12명을 모두 데려왔으니 그걸로 만족합니다."

버석. 버석.

눈치 없는 새끼!

강찬과 라노크가 풀썩 웃자 쿠키를 씹던 석강호가 멋도 모르고 따라 웃었다.

"6개국에서 성의를 표시했습니다. 모두 300억이 강찬 씨 통장으로 입금될 겁니다. 물론 이것도 한국 정부와 이야기가 끝난 것이니까 세금 등의 문제를 걱정하실 일은 없습니다."

"너무 많습니다."

"그 외에 제가 드리기로 했던 공트 자동차 지분을 한화로 환산한 200억이 추가로 들어갑니다. 이건 저와 친구들의 성의입니다. 그렇게 알아주십시오."

한두 번 본 라노크가 아니다. 강찬은 그의 눈에서 무언가 다른 말이 있음을 알았다.

"혹시 유럽의 친구들이 저에게, 정확하게는 강찬 씨에게 작전을 부탁할지 모릅니다."

강찬은 무슨 말인지 바로 알아듣지 못했다.

"유니콘 프로젝트와 관련한 기습 작전을 제게 의지하게 된다는 뜻입니다."

이런 싸움을 더하라고? 강찬은 당장 답을 하지 못했.

아군이 잡혀 있거나, 혹은 유니콘 프로젝트를 이루는 데 꼭 필요한 일이라면, 거기에 이번 구출 작전을 위해 라노크가 외인 특수팀을 불러준 데 대한 고마움을 갖고 싶기는 했다. 하지만 반대로 이런 식의 싸움을 계속하고 싶은 마음

돌아오는 길 • 75

은 없었다.

"당장 결정할 일은 아닙니다. 천천히 생각하시죠."

"그게 좋겠습니다."

"그리고 강찬 씨."

라노크가 양복 안에 입은 조끼 주머니에서 USB를 꺼내 강찬에게 건네주었다.

"우앙전우에 관련된 상세 정보입니다."

강찬의 시선을 받은 라노크의 답이었다.

웃을 수밖에 없는 일이다. 그래서 강찬은 풀썩 웃음을 터트렸다.

"며칠 쉬시고, 저녁이나 한번 먹지요."

"알겠습니다."

"피곤했을 텐데 얼굴 보고 싶어서 공연히 시간을 뺏었습니다."

"무슨 말씀을요? 뵙고 나니까 마음이 조금은 편해졌습니다."

자리에서 일어서면서 강찬은 '아차! 이 구렁이한테 또 당했구나!' 싶었다. 500억을 거절할 틈도 없이 이야기가 끝나 버린 거다.

아무튼, 일단 대사관을 나왔다.

대사관의 승합차를 타고 향한 곳은 집 앞 사거리에 있는 커피 전문점이었다.

익숙한 테라스, 아이스커피, 그리고 담배.
긴 꿈을 꾸고 막 일어난 느낌이었다.
"멍하우."
"나도 그렇다."
강찬이 커피를 한 모금 마셨을 때였다.
"사흘이라고 그랬는데, 둘이 어디 놀러 갔다 올까요?"
석강호가 아쉬운 듯 툴툴거렸다.
"어디 가서 한숨 푹 잤으면 좋겠다."
"우리 찜질방 갑시다. 가서 뜨거운 물에 몸 푹 담그고 잠도 자고 합시다. 그러고 맛있는 것도 좀 먹고."
"그거 괜찮겠다."
솔깃한 제안이어서 강찬은 바로 일어섰다. 독기를 풀고 싶었다.
이상하게 전투를 치르고 나면 독기가 올라온다.

⚜   ⚜   ⚜

가뜩이나 잠을 설친 강대경은 아침부터 폭격을 맞은 듯한 심정이었다. 호텔에서 보았던 유혜숙의 동창들이 부부 동반으로 재단 발족을 축하한다며 모여든 탓이다.
사무실이라고 해 봤자 6평짜리 오피스텔이다.
"여보, 어떡해?"

강대경은 당황한 유혜숙을 다독여서 바로 옆 건물에 있는 강유모터스 사무실로 방문객들을 모았다.

"어머! 혜숙아! 축하해."

강대경은 사업을 하는 사람이다. 인사하는 여자들의 표정에 담긴 우월감을 모르지 않았다.

'네가 아들 잘 됐다고 설쳐 봤자지.' 하는 묘한 눈길과 '재단이라더니 고작 이만한 사무실이야?' 하는 조소를 충분히 알아차린 것이다.

그것뿐이 아니다.

"자동차 견적을 받아 볼 수 있나요? 아내 차를 바꿀 때가 되어서요."

빤히 강유모터스 대표인 것을 알면서도 영업사원을 대하듯 내리까는 남편들의 의도도 분명하게 알았다.

내가 이 정도다. 그러니까 아들 잘 됐다고 설치지 말고, 부탁하는 거 잘 들어라. 그럼 차 한 대쯤 사 주마.

바보가 아닌 다음에야 충분히 알아들을 수 있는 시선이고 태도였다.

강대경은 유혜숙을 위해, 유혜숙은 강대경의 사업에 지장이 가지 않기 위해 머리를 숙였지만, 오라고 한 것도 아닌데 제 발로 걸어와서 거만하게 구는 꼴이 기가 막히기는 했다.

오전이라 약속이 없는 영업부 직원들까지 전부 매달려 다과를 준비하고 접대에 최선을 다했지만, 호텔에서나 감당할 인원이 들어서서 강유모터스는 어수선함 그 자체였다.

"어이! 여기, 음료수 좀 줘."

두 번째로 강대경의 명함을 받아 간 사내가 듣기 거북한 반말로 직원을 대했다.

재단 일을 위해 선발한 여직원은 아직 나이가 어리다. 고등학교를 졸업하고 어려운 가정 형편에 맞춰 열심히 살아 보려는 아이인데 겉모습만 보고 함부로 대하고 있었다.

"그러니까 일시불로 내면 1억 좀 넘는다는 거 아냐?"

"그렇습니다, 사장님."

"왜 이래. 직원 할인 있잖아? 내가 여기 사장님 봐서 사는 건데 좀 깎아 줘야지? 현금 일시불이라니까. 독일 차도 다 해 주는 걸, 왜 여긴 이렇게 빡빡하게 굴어? 이래서 차 팔겠어?"

견적서를 세 번이나 받았던 사내는 절대 살 마음이 없는 게 확실했지만, 오늘도 여전히 커다란 목청으로 가격을 흥정하고 있었다.

"여보, 미안해."

"뭐가? 자동차 영업이 원래 저런 거야."

강대경이 아무렇지도 않은 척, 유혜숙을 다독였다.

너무 좁다는 등, 재단이 이래서 후원금이나 들어오겠냐는 등, 강유모터스는 한 달에 몇 대나 파느냐는 등, 전혀 고맙지 않은 관심과 강찬에 관한 이야기가 드문드문 들렸다. 심지어 국무총리와 대통령이 보낸 화분을 보며 코웃음을 치는 이들도 많았다.

"잠시만 비켜 주십시오."

그때, 강유모터스의 문을 열고 들어선 사내가 양해를 구하는 것이 보였다.

강대경은 유혜숙이 눈치채지 못하게 한숨을 내쉬었다. 직원까지 대동해서 왔으니 얼마나 유세를 떨 건가.

우습기도 했다. 혹시나 강찬의 덕을 볼 일이 있을까 해서 와 놓고 잘난 척을 해 대고 있는 거다.

누가 오라고 그랬나?

언제 아들이 잘났다고 그런 적 있나?

지금도 걱정돼서 숨이 턱턱 막히는데, 이런 거 다 필요 없으니까 그냥 아들이 '저 왔어요.' 하고 들어서거나 전화만 한 통 해 주었으면 싶었다.

"여보."

유혜숙이 손을 잡아 주었다.

"응."

강대경은 억지로 웃었다. 아들을 걱정하고 있는 것을 유혜숙이 알게 하고 싶지 않았다.

"어머!"

그 순간, 문 쪽에서 놀란 소리가 들렸다.

고개를 이리저리 움직였던 강대경과 유혜숙은 거의 동시

에 들어선 사람을 보았다. 그리고 딱딱하게 굳었다.

짝짝짝짝짝.

박수를 치는 사람들과 눈인사를 하며 안으로 들어서는 사람은 분명 대통령, 문재현이었다.

"각하, 이분이 강대경 씨, 그리고 이분이 재단 이사장을 맡은 유혜숙 씨입니다."

경호원들이 현관과 창문을 날카롭게 노려보는 앞에서 머리를 단정하게 넘긴 중년 사내가 두 사람을 소개했다.

"대통령님이십니다."

이런 소개를 굳이 할 필요가 있나?

"반갑습니다. 문재현입니다."

"예!"

강대경이 당황한 얼굴로 손을 마주 잡았을 때, 뜻밖에도 그의 손을 문재현이 꼭 쥐었다.

"마음고생이 심하시다고 국무총리께 들었습니다. 대통령인 제가 부족해서 벌어진 일입니다."

이런 소리를 들을 줄은, 아니 대통령이 직접 나타날 줄은 꿈에서조차 짐작하지 못했다.

"강찬 학생의 어머님이시군요."

문재현이 웃는 얼굴로 유혜숙과 가볍게 악수를 나눴다.

"훌륭한 일을 하시는 분이 많은 건 좋은데, 제가 그만큼 일을 못한 것 같아서 부끄럽습니다."

"예에."

당황한 유혜숙이 대통령을 단박에 부끄러운 짓을 한 사람으로 만들어 버렸다.

"좋은 일을 하신다기에 일정 중간에 잠시 들른 거라서 바로 가 봐야 합니다."

강대경은 퍼뜩 떠오른 것이 있었다.

"지난번에 병원에 보내 주신 것과 화분, 감사드립니다."

"화분이야 판공비에서 제하지만, 병원에는 제 한 달 월급을 모두 넣은 겁니다. 그것 때문에 구박 많이 받았습니다."

문재현이 엉뚱한 대꾸를 하면서 웃음을 터트렸다.

"가겠습니다."

강대경과 유혜숙에게 눈인사를 한 문재현이 털털한 걸음으로 강유모터스를 나갔다.

"여보, 지금 대통령이 무슨 말을 한 거야?"

"응?"

"마음고생 말, 혹시 찬이 얘기야?"

"병원에서 국무총리께 들었잖아. 찬이가 프랑스 높은 분을 알아서 연결해 주고 한 거, 그 말씀 같은데?"

사무실은 아직 정적이 흐르고 있었다.

모두 멍해진 게 맞다.

강대경이 무심코 사무실을 돌아보았는데, 눈이 마주친 사람들이 공손하게 고개를 숙여 댔다.

"어머!"

재단 신입 여직원이다.

아직 정신을 차리지 못한 아이가 가뜩이나 성격 괄괄한 사내의 옷에 음료수를 쏟고 말았다.

"죄송합니다! 잘못했어요!"

"괜찮아! 괜찮아! 이런 걸로 죄송할 게 뭐 있어? 바쁘면 이럴 수 있어! 그러니까 사람이지! 음료수가 독도 아니고!"

"여보! 왜 아무한테나 반말을 해? 여기 직원 분이시라잖아!"

"아! 내가 그랬나? 미안합니다. 그냥 조카 같고, 딸 같아서, 괜찮지요?"

사내가 의식적으로 활짝 웃는 표정을 지으며 강대경의 눈치를 살핀 직후였다.

"할인은 뭘! 이 좋은 차 사면서. 저기, 내가 1년 할부할 거니까 당장 계약서 가져와요. 그럼요! 아, 좋은 차 사는 건데 내가 더 고맙지요!"

시선이 마주칠 때마다 고개로 인사를 전하는 사람들을 보며 강대경은 강찬이 무척이나 보고 싶었다.

⚜   ⚜   ⚜

"야! 이거 죽인다!"

돌아오는 길 • 83

"푸흐흐흐."

굶다가 온 놈처럼 삶은 계란을 처먹으면서 석강호가 웃어 댔다.

"밥 먹으러 가자면서?"

"아무렴 이런 거 몇 개 먹었다고 밥을 못 먹겠소?"

강찬은 못 먹을 것 같았다.

구충제를 사 먹여야 하는 게 아닐까?

뜨거운 물에 몸을 담그고 나와서, 2시간쯤 푹 자고 일어난 참이다. 기계로 하는 마사지까지 받고 났더니 기분이 한결 개운했다.

몸의 흉터를 본 사람들의 놀란 시선만 빼면, 뭐.

시계를 보니 오후 2시였다.

"점심 먹으러 갑시다."

"지금?"

"매콤한 게 땡기우. 우리 낙지볶음에 밥 비벼 먹읍시다."

웃음만 나왔다.

옷을 갈아입고, 충전을 위해 프런트에 맡겼던 전화기를 찾아 찜질방을 나왔다.

밥을 먹으러 가는 길에 강찬은 석강호에게 라노크가 주겠다는 돈에 대해 말했다.

"잘됐소."

이 새끼는 욕심이 안 나나? 하긴, 반대가 됐더라도 같은 말을 하고 끝냈을 거다.

"많이 받은 사람이 밥 삽시다."

이상하게 이러면 밥값 몇만 원이 아깝게 느껴질 때가 있다.

"내가 사요?"

"내가 산다."

"푸흐흐흐."

저렇게 웃고 싶었다. 석강호가 웃는 것을 그대로 받아들이며 킬킬거리고 싶었다. 독기가 좀 빠졌으면.

'미영이를 만나 볼까?'

강찬은 잠시 고민하다가 고개를 저었다. 공부하는 애다.

밥 먹고 나서 유혜숙에게 전화를 걸어 볼 참이다.

⚜   ⚜   ⚜

양진우의 비서실장 조일권이 두툼한 코 위에 얹힌 안경을 검지로 밀어 올렸다.

"분명 관계가 있습니다. 강대경이나 유혜숙이, 둘 다 이럴 정도로 여유 있었던 것들이 아닙니다. 게다가 오늘 오전에 문재현이 들렀다 간 것도 수상쩍은 일입니다."

비서실장의 사무실이 아니라, 경복궁이 내려다보이는 오피스 건물의 높은 층이었다.

조일권은 책상에 올려진 A4 크기의 사진을 한 장씩 뒤로 넘겼다.

출근하는 강대경, 아파트에서 허름한 차림으로 봉지를 들고 걸어가는 유혜숙, 일상에서 편하게 움직이는 모습들이 사진을 넘길 때마다 차례대로 펼쳐지고 있었다.

"보십시오. 여기, 여기, 같은 놈들입니다. 분명 사설 경호업체 직원인 것 같은데 강찬이란 놈이 유비캅에 자주 다녔던 것으로 봐서 그쪽 직원일 확률이 높습니다."

"용인에서 다친 놈들은 경찰병원에 입원했다면서?"

"유비캅과 경찰병원이 계약을 맺고 있습니다. 아무래도 외상과 뼈 부분에선 국내 최고 실력이라 그런 것 같습니다."

"정부 요원일 확률은?"

"정부 요원이면 규정상 군 병원으로 옮기게 되어 있으니까 그럴 확률은 낮습니다. 게다가 병원비도 모두 현금으로 지급했습니다."

"누가?"

"현금으로 지불해서 출처는 확인이 어렵습니다."

조일권이 입술을 모으면서 고개를 끄덕였다.

"우리가 왜 이러는지 알지?"

"저희는 회장님과 실장님께 충성할 뿐 그 뒤는 알지 못합니다."

조일권이 입술을 길게 늘이며 웃었다.

"다음 정권은 회장님께서 원하는 분이 되셔야 돼. 족보도 없는 것들이 정권을 잡는 건, 면허도 없는 것들이 차를 운전하는 것과 같지. 악착같이 움직여라. 국가와 민족을 위한다는 마음으로. 이 나라의 질서를 지켜 내는 일이라는 사명감을 가져."

"회장님과 실장님을 모시게 돼서 영광이라고 생각합니다."

"가 봐. 그리고 가능하면 여기 유혜숙이 적당한 사고를 당할 방법을 찾아봐. 국회의원이란 것들이 고작 깡패를 믿었다가 망신을 당하는 꼴이라니."

조일권이 기가 막힌다는 얼굴로 책상 앞에 서 있던 사내를 보았다.

"강도가 적당합니다."

"강도?"

"베트남 애들 둘 불러서 칼을 먹이는 게 제일입니다. 적당한 업체에 산업 연수생으로 들어왔다가 노름하고, 돈 잃자 눈 뒤집혀서 우발적 범행을 저지른 것으로 하겠습니다."

"흐- 흠."

"10억이면 서로 하겠다고 베트남까지 줄 설 겁니다."

"시간이 좀 걸리겠네?"

사내는 먼저 입술을 길게 늘였다.

"이미 준비해 놓은 놈들이 제법 있습니다."
"회장님께서 기뻐하시겠군."
"감사합니다, 실장님."
조일권이 만족스러운 표정으로 창밖을 보았다.

제3장

죽고 싶어서 이러는 거지?

매운 음식을 딱히 좋아하지는 않았는데, 석강호와 둘이 혀에 불이 날 만큼 매운 낙지볶음을 먹고 나니 실없는 웃음이 절로 났다.

"자! 이제 가서 시원한 아이스커피에 담배 하나 때려 줍시다."

"알았다, 알았어. 가자."

기분이 한결 풀려서 식당을 나섰는데 바로 맞은편에 커피 전문점이 있어서 그리로 들어갔다.

"이제 좀 사람 눈 같소."

"그 정도였냐?"

"외인부대 애들이 눈치 볼 정도면 말 다한 거 아니요?"

"쯧."

"푸흐흐, 아프리카에서도 그랬었잖소. 아후! 그때 언제요? 내가 팔뚝 잘릴 뻔하면서 막았을 때, 그때 처음으로 대장이 무섭다는 생각했었소. 그 칼, 내 팔에 안 찔렸으면 대장은 무조건 아웃이었소. 기억나쇼?"

겨우 잊어 가던 일을 석강호가 불쑥 끄집어 냈다.

"아, 참. 이번에 느낀 건데 말이오. 아프리카 때보다 더 날카로워졌다는 생각 안 드죠? 내가 보기엔 전성기 때보다도 더 날렵하던데. 특히 초소에서 달려가면서 총 쐈을 때."

"4번 건물 열렸을 때?"

"맞아요. 그때! 예전에도 대장 달려가면서 한 발씩 갈기는 거야 워낙에 유명했지만, 이번에 보니까 마빡에 제대로 꽂아 넣습디다. 깜짝 놀랐소."

그랬나?

"푸흐흐, 알제리 출신이 둘 있었는데 그중 한 놈이 오늘 출발하기 전에 부탁합디다. 다음번에 절대 빼놓지 말아 달라구. 저격수 놈 있잖소. 거, 대장보고 언제 또 작전 나가냐고 물었던 놈. 그놈은 우리가 한국 특수팀인 줄 알고 있었소."

"너 이러다가 나 몰래 프랑스 건너가는 거 아니냐?"

"푸흐흐."

석강호가 커피를 마신 끝에 얼음을 버적버적 깨물어 먹

었다.

"대장이랑 같이 가서 좋았던 거요. 모르긴 몰라도 제라르 그 새끼, 대장 없이 작전 나갈 생각하면 끔찍할 거요."

"됐다."

강찬은 슬슬 들어가 봐야겠다고 여겼다.

"들어가자."

"그럽시다."

석강호와 함께 일어났다.

이제는 정말 일상으로 돌아가야 할 시간이다.

강찬은 석강호와 함께 택시를 탔고, 아파트 입구에서 내렸다.

벤치고 뭐고 우선 들어가서 유혜숙을 보고 싶었다.

집이, 그리고 가족이 이렇게 반갑게 느껴지는 삶을 살게 될 줄은 상상하지 못했다.

때앵.

엘리베이터에서 내린 강찬은 곧바로 문을 열고 집으로 들어갔다. 거실을 살피고, 안방을 보았는데 유혜숙은 집에 없었다.

어딜 가셨나?

노리는 사람이 있는 마당이다.

강찬은 혹시 싶어서 전화기를 들고, 유혜숙의 번호를 찾아 통화 버튼을 눌렀다.

전화를 받지 않는다.

강찬의 눈빛이 번쩍하는 순간에 통화가 연결됐다.

[여보세요? 찬이냐?]

"저예요, 아버지. 무슨 일 있으세요? 어머니는요? 아버지, 목소리가 왜 그러세요?"

[아냐. 그냥 네 전화 받은 게 좋아서 그런다. 어디 아프거나…….]

잠시 말이 그친 다음에.

[다친 건 아니지?]

소곤거리는 것처럼 조용한 질문이 있었다.

"그럼요. 저 지금 집에 있어요."

[뭐? 정말? 일 끝난 거냐?]

"예. 그런데 왜 어머니 전화를 아버지가 받으세요?"

[오늘 재단 사무실 문 연다고 손님들이 오셔서 엄마가 바쁘다.]

강찬은 강대경의 음성이 평소와 다르다고 느꼈다.

"아버지, 정말 아무 일 없으신 거죠?"

[내가 무슨 일이 있어? 그냥 아들 목소리 들으니까 좋아서 그렇지.]

"제가 갈까요? 엄마 축하해 드려야죠."

[아니다.]

강대경이 곧바로 대답했다.

[금방 끝날 거고, 아빠도 오늘은 일찍 들어갈 테니까 쉬고 있어. 집에서 보자. 어디 안 가지?]

"예. 그럼 이따 뵐게요."

[그래. 이따 보자.]

통화를 끊고 나서도 무언가 찜찜함이 남았지만, 위험하다 거나 위기가 느껴지는 건 아니었다.

강찬은 방에 들어가 편안한 옷으로 갈아입고 침대에 털썩 누웠다.

다른 건 몰라도 용인 습격과 관련된 놈들을 빨리 처리할 필요가 있었다.

⚜　　⚜　　⚜

라노크가 건네준 양진우의 자료는 국가정보원이 준 것과는 조사 방향이 달랐다.

특히 양진우가 비자금을 관리하는 방법과 통장, 관련 정치인, 비서실장 조일권의 상세 인적 사항, 거기에 조일권이 가지고 있는 별도의 사무실과 개인 조직까지. 그야말로 양진우를 손바닥에 올려놓고 들여다보는 느낌이 들 정도였다.

"그러니까 조일권 이 새끼가 실질적인 일을 다 한 거네. 쯧, 거기다 양진우 비자금에서 200억을 빼돌린 거고. 이 새끼들은 무슨 개도 아니고?"

조일권 역시 아파트를 2채 얻어서 여자를 두었는데, 첨부된 가족사진에는 중학교 1학년짜리 딸, 그리고 미모의 아내가 분명하게 존재했다.

"이놈들 봐라?"

조일권이 부리는 사람 중에 가장 눈에 띈 놈은 폭력 조직 출신 해결사 윤봉섭이었다. 폭력 전과 3범, 협박, 노동법 위반, 외국환관리법 위반 등의 전과가 있고, 살인 교사 두 건은 무혐의 처분을 받은 사실도 기록되어 있었다.

컴퓨터 화면에 뜬 사진 속의 윤봉섭이 앞을 똑바로 노려보고 있어서 강찬은 피식 웃고 말았다.

'네가 실제로 움직인 놈이라는 거지?'

인적 사항과 현재 거주지, 주로 움직이는 곳까지 정말 상세하게 기록되었다.

"일단 너부터 좀 보자."

바닥부터 훑어가면 나온다. 더구나 조일권의 지시를 받고 적지 않은 돈까지 받았다면 분명 관련이 있을 확률이 높았다.

강찬이 윤봉섭의 사진을 노려보고 있을 때 현관문 열리는 소리가 들렸다.

컴퓨터에 떠 있는 자료를 닫은 강찬은 곧바로 방을 나섰다.

"아들!"

"오셨어요? 재단 축하드려요, 어머니."

신발을 벗자마자 유혜숙이 강찬을 안았다.

좋았다. 정말 좋았다.

강대경은 강찬의 표정을 살피면서 마음이 놓이는 얼굴이었다.

"수련회가 잘못됐어? 아들?"

"아뇨. 준비해 놓은 걸 제가 생각보다 잘해서 더할 필요 없겠다고 하더라구요."

유혜숙은 이해하지 못한 얼굴을 하고서 고개를 끄덕였다.

"무슨 좋은 일 있었니?"

"두 분 일찍 봬서 그런가 봐요."

강대경이 기분 좋게 웃었다.

"이이는. 나보고 뭐라고 하더니 요새는 당신이 더 찬이를 기다리는 거 같아?"

"그래. 나 요즘 아들 보는 재미에 흠뻑 빠졌다."

유혜숙의 기가 막힌 표정에도 강대경은 꿋꿋했다.

두 사람이 옷을 갈아입고 나와 세 식구가 소파에 앉았다. 방문객들 이야기를 시작으로 대통령이 직접 다녀갔다는 말이 나왔는데, 강찬은 몰랐던 이야기라 '총리님이 알려 주셔서 가는 길에 들른 것 아닐까요?'라고 할 수밖에 없었다. 실제로도 영문을 모르는 일이다.

저녁은 유혜숙이 채소와 김치, 그리고 계란 프라이를 이용해 만든 비빔밥을 먹었다.

맛있다는 생각이 들자 강찬은 갑자기 제라르가 생각났다.

아니다. 그 새끼는 이걸 처먹이면 눈을 이상하게 뜨고 불만을 털어놓을 놈이다.

하여간 맛있게 먹고 셋이 함께 TV를 보며 시간을 보냈다.

⚜   ⚜   ⚜

평소보다 좀 더 빠르게 달렸다.

자꾸만 가라앉는 느낌을 털어 내고 싶었다.

김형정도 구했고, 제라르를 제외하면 부상자도 없다.

석강호는 5억을 챙겼고, 자신은 500억이 들어온다고 들었다.

500억? 한 달 내내 아프리카에서 총질을 해 대고 받은 돈이 한화로 300만 원에서 많은 달은 500만 원 정도다. 그런데 500억을 준다면 도대체 얼마나 끔찍한 작전을 안기려고 그러는 건지 슬쩍 짜증도 났다.

물론 삶에서 차지하는 단위가 다를 수는 있다.

유니콘 프로젝트가 성공할 때 생기는 이익이 몇백조라고 했으니 500억쯤 충분히 지불할 수도 있다.

하지만 얼마의 돈을 주던, 그것이 강대경과 유혜숙의 안전을 담보해 주지는 못한다.

"허억. 허억."

아파트의 벤치에 도착한 강찬은 거친 숨을 토해 냈다.

강대경은 어쩔 수 없었더라도 유혜숙을 건드리게 두지는 않는다.

이 개새끼들이 누굴 건드려?

가까스로 누르던 독기가 불쑥 솟아올랐다. 그리고 그와는 별도로 몸 상태는 한결 올라왔다.

"하루쯤 쉬지 그러냐?"

"이게 좋아요, 아버지."

"아들, 얼른 씻고 밥 먹자."

"예."

강대경의 흐뭇해하는 얼굴과 아침을 준비하는 유혜숙을 바라보며 강찬은 샤워실로 들어갔다.

아침 식사 후에, 강대경을 배웅한 강찬은 방으로 들어가 김태진에게 전화를 걸었다. 약속보다 일찍 올라왔다고 말을 전했고, 9시 30분경에 유비캅에서 만나기로 약속을 잡았다.

양복 안에 셔츠를 입었는데 이제 유혜숙도 이런 복장을 편안하게 받아들이고 있었다.

"어머니, 저 나갔다 올게요."

이젠 '어머니' 소리가 정말 자연스럽게 나온다.

요거 정말 좋다.

"다녀와, 아들!"

"예."

이게 행복이 아닐까?

아파트를 나선 강찬은 택시를 이용해 김태진의 사무실에 도착했다.

"어서 와. 일이 잘된 모양이지?"

"네. 경호 맡아 주신 거 감사드리고, 오늘부터 직원 분들 철수하시라는 말씀드리러 왔어요."

"자네가 왔으니까 그렇게 하지. 국가정보원에서 하는 경호는 계속 유효할 거 아닌가?"

"그만둔다는 말은 없었으니까요."

강찬은 잠시 망설였지만, 김형정의 일을 말하지 않기로 했다. 당사자가 말한다면 모를까, 자신이 먼저 입을 열 일은 아니다.

"비용은 어떻게 하지요?"

"그런 소리 할 거면, 다신 자네 안 볼란다."

"뭘 또 그렇게까지 그러세요."

김태진이 서운한 표정을 지을 때 직원이 차를 가져왔다.

"그나저나 이 친구는 왜 연락이 없지? 자네에게도 연락 없나?"

"예, 그러네요."

뜨끔하긴 했지만, 뭐 실제로 김형정이 연락한 건 없는 거다.

30분가량 시간을 보낸 강찬은 자리에서 일어났다.

"석 선생보고 한 번쯤 다녀가라고 전해 줘. 이 양반이 아예 안 보고 살 셈인가?"

"다음에 같이 식사하시죠."

"목 빼고 기다릴 거야."

"가능한 한 빨리 잡을게요."

유비캅 사무실을 나온 강찬은 택시를 타고 신사동으로 움직였다. 신사역 사거리에서 한남대교를 바라보고 우측에 유리로 된 8층짜리 건물.

"저거구나."

강찬은 찾아낸 건물 바로 옆의 커피 전문점에 들어가 아이스커피를 한 잔 사서 테라스에 앉았다.

윤봉섭은 보통 오전에 저 건물 5층에 있다가 점심을 먹고 나서 움직인다. 사채에 외국 노동자 알선까지, 참 바쁘게 사는 놈이다.

"어?"

담뱃불을 붙이던 강찬이 눈빛을 빛냈다.

윤봉섭이다.

커다란 덩치에 어깨를 구부정하게 숙였는데 쭉 찢어진 눈에 툭 튀어나온 광대뼈, 야비하게 생긴 입술이 확실히 그놈이었다. 사진과 다른 점이 있다면 흑인이 아닌가 싶을 만큼 시커먼 얼굴이었다.

윤봉섭은 눈매가 매섭게 생긴 동남아시아인 2명과 함께 사무실이 있는 건물로 들어서고 있었다.

강찬은 담배를 끈 후, 곧바로 몸을 일으켰다.

어차피 양진우와의 싸움이다. 이 새끼를 건드려 놓으면 조일권에게 보고가 갈 거고, 양진우가 움직인다.

증거도 없이 윤봉섭을 두들길 생각은 없다. 그저 강대경과 유혜숙을 건드리지 못하게, 그리고 자신이 이미 양진우를 주시하고 있음을 알리려는 목적이었다.

이래 놓으면 적은 대개 둘 중 하나를 택한다.

멈칫하고 하던 짓을 멈추거나, 아니면 아예 대놓고 상대를 노리거나.

건물로 들어간 강찬은 엘리베이터 버튼을 누르고 잠시 기다렸다가 5층으로 올라갔다.

신사기획.

사무실 문의 왼편에 붙은 명판을 확인한 그는 강화유리로 된 문을 열고 안으로 들어갔다.

정면에 소파가 놓인 사무실은 또 처음이다.

인상 고약한 놈들 셋이 강찬을 노려보고 있었다.

"무슨 일이쇼?"

질문은 소파 왼편 책상에 있던 놈이 했다.

책상이 2개였는데, 옆에는 싹수없게 생긴 30대 여자가 앉아 있었다.
"윤봉섭이 만나러 왔는데?"
책상에 있던 놈이 단박에 인상을 찌푸렸다.
"너 뭐야? 어디서 왔어?"
놈이 몸을 일으키자 소파에 있던 세 놈이 엉거주춤하게 일어서며 강찬의 뒤를 살폈다.
"강찬이다. 윤봉섭이 안에 있지?"
"강찬?"
'이 새끼들이 내 이름을 알고 있구나.'
놈들의 표정을 보고 단박에 알아차렸다.
시선을 돌리자 왼편은 벽에 붙은 회의실, 오른쪽은 대표이사실이라는 명판이 붙었다.
"윤봉섭이 안에 있지?"
어쩐 일인지 놈들은 함부로 대꾸하지 못하고 있었다.
이런 놈들과 괜히 오래 이야기하고 싶지 않아서 강찬은 바로 오른쪽 방으로 향했다.
오광택이며, 자신의 이름을 아는 놈들이 맞다.
사무실에 있던 놈들이 말리지도 못하고 '어? 어?' 하며 뒤를 따라왔다.
벌컥.
강찬이 문을 열었다. 여기도 문 앞이 바로 소파다.

방은 꽤 넓었는데, 오른쪽에 으리으리한 책상과 책꽂이가……

강찬은 소파의 테이블에 시선을 고정시켰다.

유혜숙의 사진이다.

아파트 입구에서 비닐봉지를 들고 걸어가는 유혜숙. 얼굴만 커다랗게 나온 유혜숙.

그 외에도 서너 장이 밑에 깔려 있었다.

이건 뭐지?

윤봉섭이 사진을 내려다보곤 다시 강찬을 향해 시선을 들었고, 맞은편 소파에 앉은 동남아시아인 2명은 이게 무슨 일인가 하는 표정으로 강찬과 윤봉섭을 교대로 보고 있었다.

이 새끼들이?

강대경을 습격한 것도 겨우 참고 있는데 그 틈에 이런 짓을 하고 있어?

"씨발, 꿈자리가 사납더니."

유혜숙을 아는 놈이 자신을 모를 리가 없다.

달칵.

강찬은 먼저 방문을 닫았다.

동남아시아인 둘이 눈치를 살피며 몸을 일으켰다.

"앉아."

강찬이 날카롭게 말을 했는데도 놈들은 전혀 꿀리지 않

는 눈치였다.

피식.

유혜숙의 사진을 놓고 윤봉섭과 마주 앉은 동남아시아인이다. 게다가 강찬의 말에 반항기를 담고 노려볼 정도로 깡이 있는 놈들.

강찬은 곧바로 앞으로 다가갔다.

앞에 있는 놈이 움찔했고, 뒤의 놈은 빠르게 한 걸음 물러났다. 강찬이 오른손을 슬쩍 들자 놈이 반사적으로 왼팔을 들었다.

그 순간이었다.

콰악.

강찬은 놈의 손목을 낚아채서 쭉 잡아당겼다.

가락이 있는 놈이다. 몸이 딸려 오는 순간을 이용해 오른주먹을 날려 왔다.

타악!

강찬은 파리 쫓듯 주먹을 쳐내고 놈의 왼손을 비틀었다.

"큭!"

왼팔이 비틀린 놈의 상체가 앞으로 숙었을 때, 왼발로 놈의 얼굴을 사정없이 걷어찼다.

콰작!

놈의 얼굴이 위로 솟았다가 비틀린 왼팔 때문에 바로 아래로 떨어졌다.

콰작!

강찬이 두 번째로 걷어차자 테이블, 윤봉섭의 얼굴과 가슴, 그리고 바닥에 덩어리 피가 사정없이 튀었다.

콰다당.

놈이 소파에 얼굴을 파묻고 엎어진 순간이다.

강찬은 놈의 왼팔을 위로 치켜든 다음, 오른발로 팔꿈치를 있는 힘껏 짓밟았다.

우드득!

섬뜩한 소리와 함께 기괴하게 틀어진 팔이 길쭉하게 늘어졌다.

쭉!

강찬은 놈의 팔을 질질 끌어서 문 앞에 둔 다음, 기절한 놈의 대가리를 잡았다.

우드득!

거의 죽일 생각으로 돌렸다.

강찬이 자세를 바로 세우자 남은 동남아시아 놈이 윤봉섭을 다급하게 보았다.

거길 볼 틈이 있어?

강찬은 바로 테이블과 소파 사이를 가로질러 놈에게 다가갔다.

놈이 책상 쪽으로 몸을 피할 때였다. 윤봉섭이 테이블 아래로 손을 뻗었다.

강찬은 허리를 비틀다시피 몸을 돌리며 오른 팔꿈치로 윤봉섭의 얼굴을 후려갈겼다.

콰자자작!

콱!

왼손으로 놈의 머리칼을 움켜잡았을 때, 테이블 아래로 회칼이 떨어졌다.

콰작. 콰작. 콰작. 콰작.

팔꿈치로 연달아 네 번이나 갈겼다.

"꺽! 꺽!"

피가 넘어가 숨구멍을 막은 거다.

코는 완전히 주저앉았고, 왼쪽 광대뼈가 무너져서 얼굴이 오른쪽만 남은 것처럼 보였다.

강찬이 몸을 세우고 뒤를 보았을 때, 동남아시아 놈은 뾰족하게 생긴 칼을 들고 자세를 취하고 있었다.

"이건 뭐야? 술래잡기야?"

강찬이 피식 웃으며 기다란 3인용 소파를 넘어갔다.

책상의 뒤와 앞이다.

놈은 강찬이 움직이는 반대쪽으로 빠르게 몸을 움직였다.

그런다고 봐줄 것 같지?

그런 칼을 품고서 유혜숙의 사진을 보고 있었는데?

화악!

강찬은 단번에 책상 위로 올라갔다.

화다닥!

놈이 문 쪽으로 달려가는 순간, 강찬이 책상에서 내려섰다.

홰액!

놈이 커다랗게 칼을 휘둘렀다.

짐작한 일이다.

홱. 홱. 홱.

제법 칼을 휘둘러 봤던 놈인 것처럼 연달아 찔러 댔다.

홱. 콱!

이건 몰랐지?

강찬은 칼의 안쪽을 잡아챘다.

퍽. 퍽. 퍽.

그리고 겨드랑이, 옆구리, 목덜미를 단숨에 찍었다.

"끄아아."

놈의 오른팔을 비틀자 칼이 위로 올라왔다.

당연하게 강찬은 칼을 손에 잡았다. 왼쪽 손바닥 안쪽을 베여서 피가 뚝뚝 떨어지고 있었다.

푸욱!

있는 힘껏 놈의 오른팔과 어깨 사이에 칼을 쑤셔 넣었다.

"끄윽! 끄으윽!"

푸욱!

두 번째도 같은 자리다. 칼이 어깨를 완전히 뚫고 앞으로 나와 있었다.

바닥에 피가 고인 것처럼 줄줄 흘렀다.

용서해 줄 마음은 없었다.

땡강.

바닥에 칼을 버린 강찬이 오른발로 잡고 있던 놈의 팔꿈치를 사정없이 밟아 버렸다.

콰자자작!

"끼이이이! 끄이이!"

비명 참 희한하다.

"아직 남은 거 알지?"

팔을 쭉 당긴 강찬은 놈의 머리통을 두 손으로 움켜쥐었다.

콰작. 콰작. 콰작. 콰작.

무릎으로 네 번을 걷어차자 놈의 몸이 축 처졌다.

"이게 마지막이다."

으드득. 털썩.

놈을 팽개친 강찬이 시선을 돌렸다.

"윤봉섭! 너도 마무리를 해야지?"

소파에 앉은 윤봉섭이 등받이를 뚫고 나가겠다는 것처럼 몸을 뒤로 빼고 있었다.

'죽이지 말자. 죽이면 안 된다.'

강찬은 속으로 계속 다짐하며 윤봉섭에게 다가갔다.

'우선 조일권이 시켰는지 확인하고.'

그러나 탁자 위 유혜숙의 사진에 피가 튀어 있는 것을 보자 눈이 확 뒤집히고 말았다.

콰악!

콰다다다당!

강찬이 구둣발로 가슴을 차 버리자 윤봉섭이 소파와 함께 뒤로 넘어갔다. 테이블 옆 바닥에는 놈이 들려다 놓친 회칼이 아직도 보였다.

피식.

이 개새끼가 어머니를 노려?

한눈에도 외국인을 이용한 다음, 귀국시키겠다는 의도가 분명했다.

강찬은 칼을 집어 들었다.

'죽이지는 말자!'

안다. 마음속으로도 그렇게 외치고 있다.

그런데 평소에도 눈이 뒤집힐 일을 하필이면 독기가 아직 가라앉지 않은 순간에 맞은 거다.

강찬은 꿈틀대며 등으로 기어가는 윤봉섭을 죽이지 않으려고 두 번이나 인상을 찌푸렸다.

지금 저 새끼를 죽이면 조일권, 양진우의 목을 따러 바로 달려가게 된다.

"야?"

"넹!"

"이 개새끼가, 어디서 앵앵거려? 야?"

"네엥!"

강찬은 놈의 오른쪽 어깨를 힘껏 밟아 버렸다.

콰작!

"*끄으응! 끄응! 끄으응!*"

걷어차인 강아지처럼 터진 신음이었다.

"야, 이 개새끼야?"

"예에- *끄응.*"

윤봉섭이 움찔했다.

"후우, 우리 인간적으로 얘기하자."

강찬은 정말 그럴 마음이었다.

그런데 탁자에 걸터앉기 위해 움직이는 그 짧은 순간에 윤봉섭의 눈이 문을 살피는 것을 보았다.

이 새끼는 아직 밖의 애들이 누군가를 불러 줄 거라고 기대하고 있는 거다.

물론 부하들이 얌전히 있지 않을 거라는 것 정도는 안다. 오광택을 알고, 자신의 이름을 들었으니 당장이야 못 달려들겠지만, 혼자 온 것을 알고 있어서 반드시 도움을 청하거나 사람을 불러 모으고 있을 거라는 것도 짐작한다. 윤봉섭이 애타는 눈빛으로 기다리는 누군가를 말이다.

"그래? 그럼 나도 하나 불러 주지."

강찬은 우선 윤봉섭의 목을 밟았다.

콰악!

"꺼어엉! 꺼엉! 꺼어엉!"

"개새끼야! 전화기 떨어트릴 뻔했잖아!"

버둥대는 윤봉섭을 밟고 오른손엔 칼을 들었다.

어떤 놈이고 지금 이 순간을 방해하면 정말 죽일 것 같아서 전화를 꺼낸 거다. 지금은 독기가 머리를 뚫고 솟아나는 느낌이었다.

강찬은 처음으로 전화기에 있는 무전 어플을 눌렀다.

두루루룩.

[최종일입니다.]

"어디 있어?"

[올라가신 건물 5층과 입구에 있습니다.]

이럴 줄 알았다.

"5층 신사기획으로 들어와."

[알겠습니다.]

어플을 한 번 더 누르자 전화기에 들어와 있던 붉은색 등이 바로 꺼졌다.

"끄르륵. 끄륵. 끄르륵."

"아! 미안, 전화하느라고. 너무 오래 밟고 있었지?"

"커어헉! 커헉! 커어헉!"

윤봉섭이 목을 움켜쥐고 가쁜 숨을 몰아쉬었다.

"개새끼야, 이제 숨 좀 돌렸냐?"

콰악!

"끄윽. 끄으윽! 끄으윽!"

오른쪽만 남은 윤봉섭의 얼굴에서 눈이 터질 것처럼 부풀어 올랐다.

여기서 30초만 더 있으면 이 새끼는 죽는다.

강찬은 밟고 있던 발을 내렸다.

"커어어헉! 커헉! 커허헉!"

"야."

"흡! 호호흑! 크호흑!"

윤봉섭이 화들짝 놀라며 울음소리 같은 이상한 신음을 토해 냈다.

이제야 제대로 겁이 오른 얼굴이다.

너 같은 놈보다 백배는 독한 놈들, 아프리카에서 숱하게 상대해 봤다.

"뭐야!"

그때, 밖에서 거친 외침과 함께 싸우는 음성이 들리더니 연달아 책상에 엎어지는 소리가 들려왔다.

콰악!

문이 거칠게 열리다가 쓰러져 있던 외국 놈의 몸뚱이를 세차게 밀쳤다.

"최종일입니다."

"문 앞을 지켜. 어떤 놈이 오든 막고, 경찰이고 지랄이고 아무도 간섭 못하게 해."

"알겠습니다."

윤봉섭의 눈에 공포가 가득 찼다.

"이제 조용하게 얘기할 마음 들어?"

윤봉섭이 고개를 끄덕였다.

콰악!

"커어헉! 꺼억! 끅!"

"이 개새끼가 어디서 고개를 끄덕여?"

개구리를 발로 밟았을 때와 비슷한 소리가 윤봉섭의 목에서 연신 터져 나왔다.

죽기 직전에 강찬은 발을 뗐다.

흐느낌처럼 숨을 들이마실 때, 밖에서 거칠게 싸우는 소리가 들렸다.

피식.

윤봉섭이 화들짝 놀라며 몸을 떨었다.

강찬은 넘어진 소파의 손잡이 부분에 앉아서 담배를 꺼냈다.

콰앙!

문짝을 쇠파이프나 야구방망이로 때린 것처럼 커다란 소리와 함께 사람 머리 높이가 움푹 안으로 우그러졌다. 계속해서 고함과 비명이 들렸는데 최종일의 솜씨를 본 터라, 강찬은 염려하지도 않았다.

찰칵.

"후우!"

고함이 조금은 줄어들었지만, 아직도 '콰다당!' 하는 집기 부서지는 소리와 '아악!' 하는 끔찍한 비명이 계속해서 들려오고 있었다.

5층이다.

건물 아래쪽에서 경찰차가 울리는 요란한 사이렌 소리가 들렸다.

윤봉섭의 눈에 일말의 희망이 스치고 지나갔다.

피식.

"후우!"

강찬은 깊게 빨아들인 담배 연기를 한숨처럼 뿜어냈다.

깡패를 등에 업고 설치는 거나, 국가정보원 혹은 라노크를 믿고 설치는 건 똑같이 비열한 짓이다. 하지만 유혜숙을 지키기 위해서라면 강찬은 더한 짓도 할 용의가 있었다.

보육원 아이들을 위해 비싼 옷 한 번 제대로 못 사 입는 여자. 평생을 걸고 선택한 남편이 무시당해도 안타까워하면 했지, 원망 한 번 안 해 본 여자. 아들이 죽으면 함께 죽으려 해 놓고 그 아들이 변한 걸 받아들이기 위해 눈치 보며 울음을 삼키던 여자다.

그런 여자를 죽이려고?

강찬은 이상하게 웃음이 나왔다.

"조일권이 시켰지?"

담배 연기를 내뿜다가 조용하게 물었다.

놈이 피범벅인 얼굴로 겨우 숨을 쉬었다. 기절하려고 하는 거다.

"기절할 여유가 생겼다 이거지?"

강찬이 일어서자 윤봉섭의 오른쪽 눈이 파르르 떨렸다.

"빨리 끝내자. 조일권이 시켰지?"

멈칫! 푸욱!

"끄으으으!"

강찬은 윤봉섭의 부러진 오른쪽 어깨에 칼을 쑤셔 넣었다. 이 새끼는 이걸로 오른팔은 겨우 밥 먹는 데나 쓴다.

"이번에도 대답을 망설이는 눈치가 보이면 다음번엔 바로 눈알을 파 버릴 거야. 알았어?"

"이이이에에!"

칼이 박혀서 놈의 대답이 엉뚱하게 나왔다.

싸우는 소리는 이미 잠잠해졌다.

"경찰은 못 들어와. 그러니까 잘 생각해라. 죽여서 카펫에 둘둘 말아 들고 나가도 너 같은 새끼 찾을 사람 없게 할 거니까."

고개를 한 번 끄덕였던 놈이 다급하게 희한한 소리로 대답을 했다.

"조일권이 시켰지."

눈을 똑바로 들여다본 상태다. 강찬은 이번에도 허튼짓을 하면 아예 죽여 버리고 조일권에게 바로 갈 생각이었다.

"이에에!"

일본말처럼 들렸다.

"좋아. 조일권이 시켰다는 증거는?"

"노오그음이, 저나기, 저나기에 노오금. 지냉비 도온 10어글 트렁크에 두었습니다."

개새끼들. 양동이에 밥을 퍼서 먹는 아이들이 있는 세상에서 멀쩡한 사람을 죽이는 데 10억을 써?

"차 키는?"

"옷장 소오게."

"그래, 새끼야. 일찍 말해 주면 서로 얼마나 좋아?"

쫘아아악!

윤봉섭의 따귀를 세차게 갈기고 몸을 일으켰다. 아직 어깨에 칼이 박혀서 놈은 몸을 제대로 비틀지도 못했는데, 피가 섞인 눈물을 줄줄 흘리고 있었다.

강찬은 일어나서 책상으로 향했다. 의자 뒤편 옷장을 열어서 양복을 뒤지자 주머니에서 벤츠 키가 나왔다.

다음은 전화기다. 책상 위에 없어서 아래를 보았는데 의자 바퀴 앞에 떨어져 있었다.

모르는 기종이었다.

똑똑똑.

중간 위쪽이 부서진 문짝에서 노크 소리가 들렸다.

"최종일입니다."

"들어와."

문을 열던 최종일이 고개만 넣었다가 쓰러진 놈을 보더니 힘껏 안으로 열었다.

치이이익.

셔츠에 피가 튀었고, 오른쪽 이마에서 피가 배어 나온 데다, 왼손을 다쳤는지 손수건을 감고 있었다.

"들어왔던 놈들은 조직 결성, 살인미수 등으로 일단 경찰이 연행하기로 했고, 검찰에 연락해 두었습니다."

"많이 다쳤어?"

최종일이 재미있는 농담을 들었다는 투로 풀썩 웃었다.

"여기에 녹음이 돼 있다는데 한번 찾아서 틀어 봐."

강찬이 전화기를 건네주자 최종일이 이리저리 살펴보더니 '비밀번호가 필요합니다.'라고 했다.

강찬과 최종일의 시선이 동시에 윤봉섭에게 향한 순간이었다.

"2796. 2796입다."

최종일은 바로 전화기를 눌러 댔다.

"녹음이 한두 개가 아닙니다."

"가장 최근 거 한번 틀어 봐."

잠시 검지를 밀어 대던 최종일이 화면을 두 번 누른 다음이었다.

'찾으셨습니까?'로 대화가 시작되더니 마침내 '유혜숙이 적당한 사고를 당할 방법을 찾아봐.'를 거쳐, '강도가 적당합니다.', '10억이면 서로 하겠다고 베트남까지 줄 설 겁니다.'까지 주르륵 흘러나왔다.

강찬이 책상에 걸터앉아 담배를 건네주자 최종일은 사양하지 않고 받더니 곧바로 라이터를 꺼내서 불을 붙여 주었다.

"이거 말고 다른 증거도 있습니까?"

"이 자동차 트렁크에 10억 받은 거 넣어 놨다는데?"

"10만 원짜리 수표와 현금일 겁니다. 녹취하고 오늘 잡아들인 놈들, 저놈, 여기 외국인 두 놈, 이렇게 하면 살인 교사로 제대로 엮을 수 있을 겁니다."

담배 연기를 뿜으며 강찬은 고개를 저었다.

"그럼 꼬리만 자르는 거야. 일단 증거는 챙겨 놓고, 조일권이 찾아가서 해결하지."

"제가 있는 건 어떻게 아셨습니까? 유비캅 직원 수련 중이라고 말씀드린 것으로 알고 있었습니다."

"김 팀장님이 그러시던데? 특급 경호 대상을 혼자 두는 나라는 없다고. 솔직히 나른 사람이라도 있겠구나 싶었어."

"병원에 옮기겠습니다. 저대로 오래 두면 출혈 과다로 죽습니다."

강찬이 고개를 돌려 윤봉섭을 보았다. 그놈과 외국인 두 놈의 몸 아래쪽에 피가 흥건하게 고여 있었다.

"알아서 처리해. 경고나 해 주려고 왔다가 큰일 막은 거니까 난 더 볼일도 없어."

"아까 계셨던 커피점에서 20분만 기다려 주십시오."

"복장이 이래서 나가기도 어려워."

왼손은 피가 굳었고, 오른쪽 소매, 셔츠, 무릎, 발이 온통 피투성이였다.

"병원 연락하고 바로 옷 준비하겠습니다."

최종일이 밖으로 나갔다.

어차피 요원들도 옷을 갈아입어야 할 상황이다.

강찬은 깜박 잊고 있던 것을 떠올리고 탁자로 향했다. 유혜숙의 사진이다. 이런 곳에 두어서 언짢을 일인데, 피가 튀어서 불길해 보였다.

책상 안쪽에 있던 철제 휴지통을 가져온 강찬은 사진을 겹쳐 잡고 라이터로 불을 붙였다.

화르륵.

사진의 끝 부분이 말리면서 서서히 재로 변했다.

'조일권? 다음은 너다.'

이렇게 된 이상 양진우나 조일권도 당장은 꼬리를 자르느라 바쁘지, 다른 일을 벌이기 어려울 거다. 그렇더라도 어설프게 살인 교사 따위로 조일권을 걸어서 양진우가 도망가게 할 마음은 없었다.
 사진을 다 태우고 난 강찬은 매콤한 연기가 싫어서 방을 나섰다.
 구급차와 경찰이 거의 동시에 도착해서 최종일의 지시를 받고 있었다.
 화장실에서 간단하게 손을 닦고, 요원 한 명이 약국에서 사 온 약을 바른 다음 왼손에 붕대를 감았다. 그사이 다른 요원이 옷과 구두를 준비해 왔다. 어설픈 벌이로는 세탁비 감당하기도 힘들겠다.
 최종일은 이마에 거즈를 붙였고, 손에 붕대를 감았는데 피가 배어 나오고 있어서 영락없이 싸움을 하고 왔다는 표시를 내는 모양새였다.

⚜ ⚜ ⚜

"다들 오라고 해."
 기껏 같이 싸워 놓고 뭐 숨을 일이 있겠나. 강찬이 부르자 최종일이 멋쩍게 웃었다.
"뭐해? 다들 한잔 마시고 조일권이 잡으러 가야지."
"저희도 같이 갑니까?"
"어차피 따라올 거잖아? 차 있지?"

"있습니다."

"거봐."

최종일이 전화를 꺼내 연락을 하자 요원 둘이 나타났다. 붕대를 감거나 붙인 꼴은 비슷해서 커피 전문점에 있는 사람들이 힐끔거리며 눈치를 살폈다.

"어디로 가십니까?"

"세종로에 있는 빌딩인데? 거기 21층에 개인 사무실을 만들어 뒀더라구."

어디서 알게 됐냐고 물을 만도 한데 최종일은 입을 다물고 묻지 않았다. 10분쯤 커피를 마신 후에 회색 중형차를 타고 세종로에 있는 건물로 움직였다.

이두범과 우희승이 앞에 타고 최종일과 강찬이 뒤에 앉았다.

토요일이라 시내로 들어가는 길이 제법 붐볐다. 도로를 빽빽하게 메운 차들을 보자 숨이 막히는 느낌이었다.

사람의 욕심은 어디까지일까? 보통 사람은 상상도 못하는 돈을 가졌으면서 뭐가 부족해서 새치기한 자동차 판매권 좀 차지하지 못했다고 목숨을 노리고, 심지어 아무것도 모르는 한 가정의 주부를 죽일 생각을 하는 건지.

"다 왔습니다. 저 앞에 있는 건물입니다."

이두범이 오른쪽에 있는 건물을 고개를 비틀어 보았다.

차를 현관에 대자 우희승과 최종일이 함께 내렸다. 도로에 차는 넘치는데 건물은 한산했다.

셋이서 엘리베이터를 타고 21층을 눌렀다.

"여기 있는 거 확인하셨습니까?"

"특별한 일정이 없으면 여기 있다가 방배동 아파트에 있는 여자 집 들러서 저녁 먹고 대치동 집에 들어가."

라노크가 건네준 일정표에 적힌 내용이었다.

2107호.

손잡이 위에 번호 키가 붙어서 밖에서는 열기 어렵게 생겼다.

'문을 두드리면 누구냐고 먼저 물을 거고?'

얼굴을 봐야 '나 강찬이다.' 어쩌고 하지, 문도 안 열렸는데 밖에서 이름을 대는 건 소용없는 짓이다.

강찬이 입맛을 다시고 있을 때였다.

최종일이 눈짓을 하더니 대뜸 벨을 눌렀다.

떵동. 떵동.

강찬이 멍하니 보고 있을 때였다.

[누구요?]

"봉섭이 형님 심부름 왔습니다!"

문에 달린 렌즈를 피해 강찬은 옆으로 물러섰다.

그런 거에 속겠냐?

[심부름 보냈다는 말 없던데?]

"급하게 베트남에 가게 되셨다고 진헤 드리라더데요?"

달칵.

최종일이 강찬을 보며 씨익 웃었다.

그러나 조일권도 만만치 않았다. 안에 쇠줄로 된 고리를 걸어서 문이 완전히 열리지 않게 해 놓았다.

"서류만 줘."

조일권의 음성이 또렷이 들린 순간이었다.

최종일이 팔을 문 위쪽에 넣더니 세차게 아래로 내리쳤다.

콰작. 왈칵!

단박에 고리가 떨어져 나갔고, 문이 활짝 열렸다.

"뭐! 뭐야!"

퍼억.

최종일이 명치에 주먹을 꽂아 넣자 조일권은 몸을 웅크린 채 비명도 지르지 못했다.

"들어가시죠."

강찬은 기가 막힌 심정으로 조일권의 사무실로 들어갔다.

"꺼억."

겨우 숨을 조절한 조일권이 비명을 토해 낼 때였다.

퍽!

최종일이 그의 목을 짧게 끊어 쳤다.

"끄윽!"

창가로 놓인 책상과 책장, 중간의 소파 사이에서 조일권이 피둥피둥한 몸을 구부렸다.

쯧!

강찬은 우선 조일권의 책상으로 다가갔다.

이 개새끼.

역시나 유혜숙의 사진이 한쪽에 있었다.

강찬의 눈에서 독기가 뿜어져 나오는 순간이었다.

퍽!

또 소리를 내려고 했었던 모양인지 최종일이 조일권의 명치에 주먹을 꽂아 넣었다.

강찬이 다가갔을 때, 안경이 반쯤 벗겨진 조일권은 침을 게워 내며 고통스러워하고 있었다.

"이 새끼, 정신 차리면 분명 소리 지르고 지랄할 겁니다. 제게 20분만 맡겨 주시면 절대 그런 일 없게 만들겠습니다."

최종일의 눈을 본 강찬은 그의 심정을 알아차렸다. 자신이 손을 대면 죽일 수도 있다는 걸 짐작하고 먼저 나선 거다.

그래. 어쩌면 이게 현명한지도 모른다.

이런 개 같은 새끼 하나 죽인다고 양진우는 꿈쩍도 하지 않을 거다.

"알았어. 이왕 시작한 거니까."

강찬은 조일권의 책상에 걸터앉아 담배를 꺼내 물었다

찰칵.

"후우."

퍽. 퍽. 퍽. 퍽.

살이 쪄서 그런지 맞는 소리가 굉장히 리듬감 있게 들렸다.

"꾸욱. 꾹."

콱!

최종일이 조일권의 머리를 움켜쥐고 고개를 든 다음 턱에 걸려 있던 안경을 벗겨 냈다.

"조일권."

"꾸욱."

퍽. 퍽.

명치와 목을 쥐어박은 최종일이 다시 조일권을 들여다보았다.

"질문하실 거야. 바로 대답하고 소리치거나 허튼짓하면 모가지를 돌려 버릴 테니까 알아서 해."

조일권이 급하게 고개를 끄덕인 다음이었다.

퍽. 퍽. 퍽. 퍽. 퍽.

최종일이 놈의 목덜미를 기절하지 않을 만큼 연속해서 두들겼다.

왜? 말 잘 듣는다고 하는데?

강찬이 고개를 갸웃하며 담배를 빨아들일 때였다.

"아직 5분 남았거든. 기절하면 그냥 죽여서 묻어 버린다. 조금 전에 윤봉섭이 묻은 자리에 같이."

퍽. 퍽. 퍽. 퍽. 퍽. 퍽. 퍽.

에이, 잔인한 새끼!

고개를 돌리던 강찬의 눈에 우희승이 보였다. 구석에서 조용하게 조일권을 노려보고 있었다.

제4장

끝까지 가 보자

강찬은 가슴이 철렁 내려앉았다. 구석에 조용히 서 있는 우희승의 눈빛 때문이었다.

대한민국 최고의 요원이, 그것도 자신이 따르는 사수가 일반인을 두들기고 있는 거다.

죽이는 것보다는 낫다고 편하게 받아들였다.

그걸 짐작해서 최종일이 나선 거라고 쉽게 생각했다.

"그만하자."

강찬의 말에 최종일의 주먹이 멈췄다.

입맛이 썼다.

신사동에서 오광택을 부르느니 최종일이 나올 거라고 생각한 것까지는 좋다. 하지만 조일권을 두들기는 일에 대한민국 최고의 요원을 써서는 안 되는 거였다. 이런 추악한 싸움에 저들의 손을 더럽혀서는 안 되는 일이다.

"차 마실래?"

"제가 타겠습니다."

"아니. 이건 내가 하지."

강찬은 한쪽에 놓인 생수를 포트에 붓고, 스위치를 켠 다음 봉지 커피를 종이컵에 부어 넣었다.

사실 최종일과 요원 둘은 외부에서 있을 습격에 대비하고 사건이 벌어졌을 때 도움을 주라고 파견한 정부 사람이지, 자신의 개인적인 일에 부려 먹으라고 보낸 건 절대 아닌 거다.

자존심으로 먹고사는 요원들에게 너무 하찮은 일을 시켰다.

물이 끓자 강찬은 종이컵에 커피를 따랐다.

부끄러웠다. 어느새 유니콘이니, 프랑스 정보국이니 하는 힘을 쥐었다고 귀한 사람들을 싸게 쓰는 천박한 인간이 된 느낌이었다.

봉지 커피의 냄새를 맡자 가슴이 조금은 진정되었다.

"조일권, 저리 가서 앉아 있어."

그렇다고 봐줄 마음도 없다. 죽이든, 살리든 직접 해야겠다는 각오가 선 거다.

조일권이 낑낑거리며 벽 쪽 소파에 앉았다.

강찬은 최종일과 우희승에게 커피를 건네주었다. 그리고 담배를 꺼내 둘에게 권했다.

"창문이나 다 열자."

우희승이 4개의 창을 차례대로 열자, 더운 열기가 에어컨 바람을 이기며 훅 달려들었다.

담배에 불을 붙이고, 커피를 나눠 마셨다.

"미안하다."

사과할 건 하자. 그게 깨끗하다.

최종일과 우희승이 무슨 뜻이냐는 듯 강찬을 보았다.

"이건 내 싸움인데 쓸데없이 나서게 했다. 아무래도 가족이 걸리니까 눈이 뒤집혔던 모양이다."

소파에서 고개를 떨구고 있는 조일권 때문에 요원이 어쩌고 하는 말을 하기는 어렵다.

"그냥 이번만 그렇게 이해해 주라."

"너무 신경 쓰지 마십시오."

두 사람은 무슨 뜻인지 이해한 눈치였다. 묘하게 웃는 게 그랬다.

커피를 마시자 가슴이 한결 가라앉았다.

몽골에서의 싸움, 윤봉섭, 유혜숙의 사진, 그 위에 튄 피, 그리고 조일권까지.

그야말로 정신없이 끌려온 싸움 속에서 퍼뜩 정신이 깨어난 느낌.

"어쩌려고 그러십니까?"

강찬은 커피를 마시다 말고 조일권을 보았다.

"몇 가지 물어보다가 정 헛소리하면 창밖으로 던져 버리지, 뭐."

정말 그럴 마음도 있었다.

제 것도 아닌 권력에 빌붙어서 사람 죽이는 일을 쉽게 생각한 놈. 양진우의 비자금을 빼돌리고, 그걸 유지하기 위해 애꿎은 사람을 죽이라고 시킨 놈이다.

조일권이 돈과 비서실장이라는 위치를 가졌다면 강찬은 더 많은 돈과 조일권을 죽일 힘을 가졌다.

다른 사람을 시켜 죽이나 직접 죽이나.

"얼른 해결하고 밥이나 먹으러 가자."

"알겠습니다."

남은 커피를 모두 마신 후에 강찬은 조일권의 맞은편에 앉았다.

"윤봉섭에게서 증거를 모두 받았다. 놈이 너랑 대화한 걸 전부 녹음했더라구."

조일권이 강찬의 가슴께를 보더니 이를 꽉 악물었다.

"트렁크에 10억도 들었다고 하고. 양진우가 시켜서 움직인 건 알겠는데 그 새끼가 시켰다는 증거, 그리고 일본에서 돼먹지 않은 놈들 들여온 증거, 마지막으로 내가 모르는 양진우의 죄를 털어놔. 참고로 비자금은 다 알고 있으니까 그깟 거 지껄일 생각 말고. 네가 감춰 둔 200억도 다 알고 있어."

조일권의 얼굴이 붉게 상기되더니 눈알이 빠르게 돌아갔다. 이 개새끼는 또 잔머리를 굴릴 생각을 하는 거다.

이런 새끼가 그렇지.

"두 사람은 잠깐 나가 있어."

겁을 주려는 게 아니다. 독기나 화 때문이 아니다.

내 싸움은 내가 직접 하겠다는 것뿐이다.

끼이익. 덜컥.

최종일과 우희승이 나갔다.

"조일권?"

"예."

개새끼, 대답은 잘한다.

"나 알지?"

"예."

따귀 때릴 틈도 없을 정도로 빠르게 답이 나왔다.

"하나씩 하자. 양진우가 날 죽이고 싶어 하는 진짜 이유가 뭐냐?"

조일권의 눈동자가 설핏 하는가 싶더니 답이 튀어나왔다.

"철도를 연결하는 일에 관련된 줄로 알고 계십니다."

"그러니까, 그 철도가 연결되면 돈을 더 벌 수 있다는데 왜 유독 지랄이냐+!"

끝까지 가 보자 • 135

짜증이 확 솟구친 순간이었다.

"노동자가 부의 여유를 가지면 요구 조건이 많아지고, 생각이 많아지고, 정치권과 부유층에 정당한 요구들이 많아진다고……."

조일권이 흘깃 눈치를 살필 때, 강찬은 정말 궁금한 것이 생겼다.

"야!"

"예!"

이 개새끼가 워낙 빨리 대답을 하는 바람에 뒷말이 잘렸다.

"야! 그러니까, 철도가 놓이면 무지막지한 돈이 우리나라로 들어온다는 거 아니냐? 그럼 재벌이 가장 많은 돈을 벌 텐데 정당한 요구니 뭐니 좀 들어주면 되잖아?"

"그게, 철도가 연결돼서 100조 가까운 수익이 생기면 앞으로 30년에서 50년은 정권이 안 바뀌고, 다음으로 지금 정권이 하는 대로 계속 나가면 결국은 재벌이 해체돼서 없어진다는 연구 결과가 있습니다."

강찬은 자세를 세우고 숨을 천천히 내쉬었다.

"그래서 너는 양진우 밑에서 이 지랄로 충성을 다하는 거냐? 멀쩡한 사람 죽이라고 시키면서?"

"잘못했습니다."

조일권의 눈이 빠르게 움직이는 것을 보았다.

잘못했다구? 눈알을 저렇게 굴리면서?

내 앞에서 빠져나갈 기회를 노린다 이거지?

"지난번에 일본에서 들어온 놈들, 양진우랑 네가 도와준 거지?"

강찬이 피식 웃었다.

이 새끼는 지금 최종일이 무섭지, 자신은 별로다.

좋은 말로 얘기하니까 점점 여유를 찾고, 이젠 대놓고 기회까지 엿보고 있다.

"저기."

"뭐?"

"일본에서 사람 들여온 건 허상수 의원과 곽도영 보좌관이 주관했고, 회장님과 저는 필요하다는 금액만 지원했습니다."

"허상수는 또 누구야?"

"국회의원입니다. 형님이 허하수 국회의장이시고 대대로 국회의원을 하신 명문가 출신입니다."

피식.

아주 지랄을 떨어라.

강찬은 녹음에서 들었던 족보 없는 것들이 운전대를 잡으면 어쩌고 하는 말이 떠올랐다.

"명문가? 우리나라가 훌쩍 앞으로 발전할 수 있는 계기를 들어막으려고 북한 특수군을 몰래 들여오는 게 명문가냐?

암살까지 시도하면서? 그래서? 허상수인가 그 새끼는 왜 또 철도에 반대하는 거냐?"

"과거에 일본 천황으로부터 작위를 받고 쌀 수출했던 전력 때문입니다. 지금 정부가 계속 정권을 잡고, 국민들이 부를 얻으면 결국 과거 청산 문제가 꼭 나오는 거라서."

강찬은 실없는 웃음을 터트렸다.

결국, 엿 같은 이야기만 쭉 듣고 있는 거다.

"허상수한테 돈 건너간 증거 있지?"

"그건 없습니다."

강찬은 피식 웃으면서 담배를 하나 꺼내 들었다.

찰칵.

"후우, 담배 피우냐?"

"안 피웁니다."

열어 놓은 창가로 바람이 훅 들어왔다.

"저기, 선생님."

시선을 주었을 때, 조일권이 고개를 위로 살짝 들어서 눈을 마주쳤다.

"제가 드릴 수 있는 게 우선 50억입니다."

이 개새끼가? 200억을 가지고 고작 50억?

나는 받을 게 500억이다.

"더 빼면 비자금 자체에서 표시가 납니다. 우선 50억을 드리겠습니다."

"후우!"

강찬이 담배 연기를 길게 뿜자 조일권의 눈알에 반짝하고 빛이 돌았다.

"6개월! 아니, 1년만 기다려 주시면 제가 30억 더 해 드리겠습니다."

강찬은 담배를 들고서 웃음을 터트리고 말았다.

이 개새끼가 사람을 완전히 병신 취급을 해?

"아닙니다! 제가 1년 안에 50억 더 해 드리겠습니다. 제가 할 수 있는 최선입니다."

"그래 놓고 또 뒷구멍으로 죽일 생각할 거 아냐?"

"예? 그게, 제가 나서서……."

"야!"

"예."

"양진우가 시키는데 네가 별수 있어? 또 근본이 어쩌고 하면서 사람 살 거 아냐? 10억이면 외국 칼잡이 사서 죽이고 깨끗하게 끝내는데, 뭐하러 구질구질하게 1년 뒤에 돈을 줄 생각을 해?"

"그러시면 이번에 아예 60억, 아니 70억을 드리겠습니다."

이전의 삶처럼 찢어지게 가난했거나, 통장에 한 푼도 없는데 강대경과 유혜숙이 힘든 상황이었다면 지금 들었던 말이 얼마나 아팠을까?

이런 식으로 없는 사람들 가슴을 아프게 했단 말이지? 저도 결국은 양진우 밑에서 붙어사는 족보 없는 놈이면서 다른 없이 사는 사람들을 비웃고 멸시했다 이거지?

강찬이 들고 있던 담배를 바닥에 놓고 발로 밟을 때, 조일권은 어느새 고개를 들고 그를 상대하고 있었다.

"선생님과 가족분의 안전은 제가 보장하겠습니다."

"어떻게?"

"회장님도 제 말은 어느 정도 들어주십니다. 그러니까 저를 믿고 돌아가 계시면."

쫘아아아악!

"조일권?"

화들짝 자세를 바로 세운 조일권의 뺨에 지문이 보일 만큼 확실한 손자국이 남았다.

쫘아아아악! 털썩!

소파의 손잡이에 얼굴을 묻었던 조일권이 대가리가 흔들릴 정도로 떨면서 자세를 바로 세웠다.

쫘아아아악!

왼쪽 눈 끝과 볼, 그리고 입술 끝이 찢어져 피가 나고, 볼이 퉁퉁 부어오른 조일권이 가까스로 몸을 세웠다.

콱!

강찬은 붕대를 감은 왼손으로 조일권의 머리를 움켜쥐었다.

쫘아악! 쫘아악! 쫘아악! 쫘아악! 쫘아악!

살이 연해서 면도칼로 이리저리 갈라놓은 것처럼 볼이 찢어진 데다 눈언저리, 코피, 입 끝에서 흘러나온 피로 얼굴이 온통 피범벅이었다.

강찬은 놈의 머리칼을 더욱 꽉 쥐었다.

쫘아악. 쫘아악. 쫘아악. 쫘아악. 쫘아악.

힘이 풀려서 놈의 대가리가 좌우로 흔들렸다.

윤봉섭이 그러더니 이 새끼도 제 맘대로 기절하려고 하는 거다.

"눈 똑바로 안 뜨면 아까 그 친구들 불러서 정말 파묻어 버린다."

움찔한 조일권이 고개에 힘을 넣었다.

개새끼, 죽기는 싫어 가지구.

"지금 네놈이 지껄인 증거 다 내놔. 알았지?"

사람이 급하면 입으로 하는 대답보다 대가리를 먼저 끄덕인다.

쫘아악. 쫘아악. 쫘아악.

"이 개새끼가 어디서 대가리를 끄덕여?"

"예!"

왼손을 놓자 놈의 상체가 휘청했다.

"내가 이 담배 끄기 전에 증거 다 가져와."

담배를 꺼내던 강찬이 조일권을 날카롭게 노려보았다. 지

끝까지 가 보자 • 141

금껏 이런 눈으로 노려보지는 않았다. 최종일에게 엉뚱한 일을 시킨 게 미안해서 그런 거다.

조일권이 다급하게 시선을 뚝 떨어트렸다.

찰칵.

"후우, 가져와."

한 번 휘청한 놈이 급하게 책상으로 움직였다.

개새끼.

깡패에 달라붙어 나쁜 짓을 저지르는 일진이나, 양진우 곁에 붙어서 사람을 함부로 죽여도 된다고 생각하는 저 새끼나 한 치도 다를 바 없는 개새끼들이다. 다만 일진은 폭력을 직접 행사하는 거고, 저 새끼는 돈과 알량한 권력으로 폭력의 뒤에 숨은 것만 다르다.

강찬이 자리에서 일어나자 조일권이 정말 거칠게 서랍을 열어 댔다.

병신, 담뱃재 털 종이컵 가지러 가는 건데.

저 새끼는 지금 이 순간을 모면할 수만 있다면 마누라라도 던져 줄 거다. 가지고 있던 힘이 꺾이고, 상상하지 못했던 폭력과 마주치게 되면 누구나 저런다.

지금껏 얼마나 많은 사람들이 저 새끼의 저 알량한 힘과 폭력에 꺾이고 부러졌을까?

담배가 종이컵 안에서 '치이익!' 하는 소리를 낼 때, 조일권이 서류 뭉치와 USB를 들고 소파 앞에 섰다.

"설명해 봐."

"여기에 담긴 자료는 허상수 의원 쪽으로 돈을 보낸 날짜와 금액, 그리고 회장님께서."

조일권이 멈칫하고 강찬의 눈치를 살핀 다음 빠르게 말을 이었다.

"회장님이 개인적으로 사용하신 비용, 무마한 사건들이 담겨 있습니다."

"무마한 사건은 또 뭐야?"

여태 주절주절 잘 떠들던 새끼가 이렇게 머뭇거릴 만한 일이 뭐가 있지?

눈살을 찌푸리면서도 내심 궁금해졌다.

"회장님께서 소아성애자여서."

이게 뭐라는 거야?

"차마 너무 어린아이들은 못하고 10세 이상 여자아이들을 사서."

강찬은 피가 거꾸로 치솟는 느낌이었다.

"주로 가출한 아이들로."

조일권의 입을 쭉 찢어 버리고 싶었다.

"양진우가 올해 몇 살이냐?"

"59세입니다."

강찬은 퍼뜩 생각나는 것이 있었다.

"너 딸 있지?"

"있습니다. 올해."

의도를 파악했는지 조일권이 입을 꾹 다물었다.

"중학교 1학년. 그 애를 양진우가 손댔으면 너라면 어땠을 것 같냐?"

"죄송합니다."

"그런데 뒤에서 당한 여자애들한테 돈을 쥐여 주고 사건을 무마했어?"

"그건 제가 직접 한 게 아니라 윤봉섭이."

하마터면 죽여 버릴 뻔해서 강찬은 숨을 크게 들이마셨다. 지금 바로 목을 찔러도 죽고, 대가리를 돌려도 죽고, 창밖으로 던져도 죽고, 명치를 때려도 죽는다.

강찬은 이를 악물고 나머지 자료로 시선을 돌렸다.

"그 외에 그동안 회장님 가족들, 윤봉섭, 그리고 윤봉섭과 같은 사조직 두 곳에 송금한 내용입니다."

"윤봉섭 같은 놈들이 두 곳이나 더 있냐?"

"이 안에 다 담아 두었습니다."

"후우!"

강찬은 숨을 커다랗게 내쉬었다.

"너는 이제 어떻게 할래?"

"외국으로 나가겠습니다."

개새끼, 200억을 가지고 해외로? 꿈도 야무지다.

"조일권, 살인 교사 뭐 이런 걸로 걸리면 교도소에 얼마나 들어가 있냐?"

"5년에서 길면 10년입니다."

강찬은 고개를 끄덕였다.

"그동안 병원에 있을래? 아니면 교도소에 들어갈래?"

"한 번만 봐주십시오!"

피식.

겁은 더럽게 많은 새끼가 또 잔머리를 굴리면서 흥정을 하려고 든다.

콱.

강찬은 조일권의 머리칼을 꽉 움켜쥐었다.

"너희는 교도소 보내 봐야 어차피 병으로 나올 거잖아. 그럴 바엔 바로 병원으로 가라."

쫘아아아아아악!

힘껏 따귀를 갈기자 조일권의 머리가 한쪽으로 툭 꺾였다.

강찬은 오른팔을 뻗어 조일권의 왼쪽 소매를 잡아당기며 잡았던 머리칼을 놓아주었다.

털썩.

소파의 손잡이에 대가리를 처박자 팔이 자연스럽게 꺾였다.

개새끼가 이런 센스가 있네!

자리에서 일어선 강찬은 놈의 손목을 왼손으로 잡고 무릎을 팔꿈치에 걸친 다음, 힘껏 내리찍었다.

콰자자자작! 꿈틀!

기절했던 놈이 통증에 정신이 들었다가 곧바로 다시 기절한 거다.

이래 봐야 1년 치밖에 안 된다.

강찬은 놈의 대가리를 잡아 반대로 던지고 오른손도 당겼다.

콰자자자작!

이렇게 하면 합이 2년. 아직 3년에서 7년이 빈다.

그거야 뭐.

강찬은 마지막으로 조일권의 머리칼을 움켜쥔 채로 당겨서 놈의 상체를 세웠다. 피투성이가 된 놈의 얼굴 때문에 왼손 붕대에 피가 잔뜩 묻었다.

놈의 대가리를 양손으로 잡은 그는 짧고 빠르게 손을 틀었다.

으드드득! 털썩!

죽지는 않는다. 하지만 재수 없으면 평생 앉거나 누워서 지내야 할 거고, 아마 목이나 허리 아래는 절대 쓰지 못할 거다.

이 새끼는 일단 이걸로 됐고.

테이블에 놓인 자료를 챙긴 다음 책상으로 옮겨 가 유혜숙의 사진을 찾았다. 한 장은 바닥에 떨어졌고, 다른 사진에는 피가 방울방울 떨어졌다.

이 개새끼!

강찬은 이를 악물며, 사진을 접어 품에 넣었다.

이 사무실에선 불에 태울 만한 자리가 없어 보였다.

덜컥. 끼이이익.

문을 열고 나가자 앞에 서 있던 최종일과 우희승이 한쪽으로 비켰다.

"어떻게 할까요?"

"모가지를 돌려 놨으니까 병원에 보내 줘."

"알겠습니다. 잠시면 됩니다."

문을 잡고 안으로 들어간 최종일이 달칵 소리가 난 다음에 밖으로 나와서 비밀번호를 바꾸었다.

"이래 놓으면 병원 관계자가 알아서 열고 데려갑니다."

하여간 이 친구도 재능은 참 다양하다.

"밥 먹으러 가자."

셋이 내려오는 동안 최종일이 무전을 했고, 현관에 차가 기다리고 있었다.

"어디 좀 여유 있게 먹을 곳으로 갔으면 싶은데."

"이 안쪽에 맛있게 하는 한정식집 있습니다."

"그래. 우리끼리 이야기할 수 있는 곳."

"적당한 곳이 있습니다. 어딘지 알지?"

"예."

이두범의 대답을 들으며 강찬은 창밖으로 시선을 돌렸다.

조일권을 신고해? 양진우가 알아서 덮으려고 더 애를 쓸 거다.

개만도 못한 새끼.

강찬이 자료에서 보았던 양진우의 모습을 떠올리며 이를 꽉 깨물 때였다.

식당을 정한 최종일은 어디론가 전화를 걸었다.

"세종로 빌딩, 2107호, 환자 1명. 병원에 데려가고 경찰이나 검찰이 개입하지 못하게 해."

정말 내용만 전하고 통화가 끝났다.

"경찰을 부를 때도 거기에 전화하는 거냐?"

"본부에서 직접 연락하면 경찰이 알고 나오기 때문에 설명할 필요가 없습니다."

이런 방법이 있는 줄은 몰랐다.

그사이 광화문을 지나 10분쯤 가자 식당이 나왔다. 한옥을 세련되게 개조한 구조였다.

"어서 와요."

털털한 노인네가 거실 안쪽의 문을 가리켰다.

드르륵.

창호 문을 열고 들어가자 방석이 4개 있었다.

"잠시 계셔."

강찬은 그냥 편하게 안쪽에 앉았다. 빤한 사내놈 넷이 들어와서 서로 자리를 양보하는 꼴을 만들기는 싫었다.

최종일이 맞은편에 앉았다.

"여긴 주문 안 받아?"

"먼저 전화했습니다."

언제 했지?

"담배는?"

"피울 수 있습니다. 재떨이도 있구요."

"그냥 물어본 거야. 밥 먹고 피우려고."

그냥 가정집 방에 앉은 느낌이었다.

"요원들에게 못할 짓 했다. 밥 먹고 그냥 털어."

"신경 쓰지 마십시오."

말을 마쳤을 때 밖에서 사람 소리가 들리더니 곧바로 상이 들어왔다.

강찬은 풀썩 웃고 말았다.

한정식이라더니? 이런 건 백반이라고 하는 게 맞다.

강찬이 수저를 들려고 하는 차에 전화가 울렸다.

"여보세요?"

[강찬, 나다.]

"왜?"

[너 신사동에서 일 있었냐?]

"개인적인 거야. 회사에 속한 해결사 놈들인데, 뭘."

[분당하고 관련된 건 아니지?]

어딘가 지친 듯한 목소리였다.

"회사 해결사 놈들이라니까."

[알았다. 그중에 생활하는 놈들이 서넛 끼어서 그래. 말 듣는데 딱 넌 줄 알았다. 괜찮으면 내일쯤 잠깐 나와라.]

"내일은 그렇고, 다음에 한 번 보자."

[알았다.]

통화를 끝내고 강찬은 된장찌개를 한 수저 떠서 먹었다.

"죽이네!"

"잘한다는 소문은 있습니다."

달각. 달각.

그냥 뻔한 소리나 하며 먹는 식사다. 그래서인지 30분 만에 끝났다.

이두범이 나가더니 커피와 재떨이를 가져왔다.

담뱃불을 붙이고 난 다음이었다.

"점심은 제가 사겠습니다."

"왜 그래? 미안해서 내가 사는 거라니까."

"그냥 사고 싶어서 그렇습니다."

뭔가 아쉬운 소리를 할 게 있나? 눈치를 봐서는 그런 것 같지도 않았다.

"이건 내가 사. 차라리 다음에 한 번 사면 되잖아."

최종일이 웃는 것으로 이야기가 끝났다.

"말 나온 김에 붕대나 갈고 가자."

이두범이 차에 가서 붕대와 약을 가지고 와서 넷이 모조리 깨끗한 붕대로 갈았다.

"이제 어쩌실 겁니까?"

"양진우 족치러 가 볼까 하는데?"

"양진우는 만만한 사람이 아닙니다. 아까 조일권에게서 받은 자료를 좀 더 검토하시고 기회를 봐서 아예 도망가지 못할 증거를 잡고 만나시는 게 좋습니다."

강찬은 고개를 끄덕였다.

실제로도 조일권 때처럼 쉽게 만나기도 어려울 거고, 마주친다고 해도 최종일 말대로 처리가 만만치 않다.

"쯧! 그래. 오늘은 이만하고, 자료 검토하면서 지내는 것도 나쁘지 않겠다."

고맙다는 말을 하며 강찬은 자리에서 일어났다.

계산은 꼭 6만 원 나왔다.

가게 바깥에 있는 항아리 재떨이 앞에서 사진을 태운 다음, 이두범이 운전하는 차를 타고 아파트 입구에서 내렸다.

강찬은 곧바로 집으로 올라갔다.

윤봉섭의 탁자에 있던 사진을 떠올리자 절로 한숨이 나왔다.

오늘 안 찾아갔더라면 어쩔 뻔했나?

하여간 양진우를 빨리 해결하는 게 좋다.

때앵.

엘리베이터에서 내린 강찬은 곧바로 현관문을 열었다.

"다녀왔습니다."

거실에 있던 강대경과 유혜숙이 강찬을 맞았다.

"아들 왔어?"

"왔니?"

"아버지, 일찍 오셨네요?"

"토요일에 출근한 것도 억울한데 일찍 들어와야지, 점심은? 손은 또 왜?"

"어머, 아들! 손 다쳤어? 많이 다친 거야?"

"점심은 먹었구요. 이건 좋은 일 하다 살짝 긁힌 거예요."

"좋은 일을 하는데 왜 다쳐? 조심 좀 하지."

뭐라 해도 좋았다. 유혜숙을 보고 있으면.

강찬은 편한 옷으로 갈아입은 다음에 조일권에게서 받은 USB를 컴퓨터에 꽂아 넣었다.

"하아!"

이런 개새끼!

처음엔 송금한 금액들을 표로 정리한 줄 알았다. 그러나 아무리 바보라고 해도 상반기 결산, 고정비, 유동자산 따위의 말을 모를 리가 있겠나.

혹시나 이런 표에 몰래 적은 건 아닌가 싶어서 뒤로 넘겨 보았는데 제목은 계속해서 '대차 대조표'와 '손익 계산서'의 연속이었다.

강찬은 쓰게 웃고 말았다.

대가리 쓰는 놈을 상대로 확인 안 한 게 죄다.

재킷 안주머니에 넣어 두었던 서류를 펼친 그는 또 한 번 웃을 수밖에 없었다.

'계열사별 상반기 결산' 따위의 제목 아래 매출 목표액과 달성액이 보기 좋게 정리되어 있었다.

아! 개새끼!

'이걸 그 자리에서 확인했으면 어쩌려고 그랬지?'

다른 건 몰라도 목을 걸고 깡다구를 부린 거다.

이걸 병원으로 찾아가? 어차피 최종일이 입원시킨 거니까 빨리 가서?

쯧!

강찬은 당장 유혜숙을 지킨 것에 감사하기로 했다.

그리고 양진우를 상대할 때는 이런 실수를 하지 않겠다고 독하게 마음먹었다.

"아들! 저녁 먹자!"

혹시 눈빛이 번들거릴까 봐 강찬은 두 번이나 눈을 비빈 후에 거실로 나갔다.

⚜   ⚜   ⚜

일요일 아침을 먹을 때 강대경과 유혜숙은 다른 특별한

계획은 없다고 했다. 그런데 어쩐 일인지 유혜숙의 전화가 연신 울렸고, 매번 쉽게 끊는 법이 없었다.

"인기 폭발이신데요?"

"아빠는 엄마가 저렇게 바쁜 모습도 나쁘지 않다."

강대경이 안방을 흘깃 보았다.

"다른 일 없는 거지?"

"예."

잠깐 망설였다. 유혜숙을 지키는 데 강대경의 도움이 필요하지 않을까 싶어서였다. 하지만 강대경의 걱정하는 눈빛을 보는 순간, 강찬은 그냥 마음을 굳혔다.

웅웅웅. 웅웅웅. 웅웅웅.

그때, 책상에 올려놓은 강찬의 전화가 울렸다.

"이번엔 네 차례인가 보다. 얼른 가서 받아."

강찬은 서둘러 방으로 들어왔다.

"여보세요?"

[뭐하쇼?]

석강호다.

"그냥 있어."

[갑시다. 이럴 땐 역시 미사리 아니겠소? 가서 커피 한잔 때려 주고 점심 먹고 옵시다.]

강대경과 유혜숙이 나갈 곳이 없다고 했으니까.

"그러자. 바로 나가면 되냐?"

[아파트 앞이오.]

강찬은 풀썩 웃으며 전화를 끊은 다음, 최종일에게 전화를 걸었다.

[최종일입니다.]

"미사리 가서 차 한잔 마시고 올 건데 어머니가 걱정돼서 전화했어. 나 따라오지 말고 어머니 좀 지켜 줘."

[어제 보고해서 오늘부터 어머님과 아버님 쪽으로 요원들 보강했습니다. 어머님 전담하는 요원만 모두 12명입니다. 그렇잖아도 그중 2명은 어머님께 소개를 부탁드릴 참이었습니다.]

"소개를?"

"20대 중반과 후반의 여자 요원입니다. 한 명은 총리실에서 재단 관리를 위해 파견했다고 하시고, 다른 한 명은 적당한 핑계를 대고 근접 경호를 했으면 싶습니다. 그리고 아버님은 회사에 영업사원으로 6명 입사해 있습니다."

강찬은 정말 커다란 선물을 받은 느낌이었고, 가슴 한쪽을 차지하고 있던 걱정이 반쯤 녹는 기분이었다.

"고마워. 오늘은 집에만 계신다니까 적당한 핑계를 생각해서 내일 소개하는 걸로 하지."

[석 선생님 만나십니까?]

"응."

[그쪽 경호 요원들 얼굴이 보여서 그렇습니다.]

끝까지 가 보자 • 155

"그럼 다 같이 인사하고 커피나 한잔할까?"

[저희 전부 시말서 쓰거나 감봉당합니다.]

강찬은 풀썩 웃고 기분 좋게 전화를 끊은 뒤 청바지에 편한 셔츠를 걸쳤다.

"아버지, 선생님 잠깐 뵙고 올게요."

"좋은 일 있었니?"

"예! 정말 좋은 일이 하나 있었어요."

강대경은 무슨 일이냐고 묻지도 않았다.

"조심하는 거 알지? 엄마는 통화 중이니까 아빠가 얘기하마. 어서 가 봐라."

"다녀오겠습니다."

마음이 한결 가벼워졌다.

아파트 입구에 석강호가 기다리고 있어서 바로 차에 올랐다.

"좋은 일 있었소?"

"그런 건 아니고."

차가 움직이자 강찬은 어제 있었던 일을 쭉 이야기했다.

"뭐요? 그런 일에 날 빼놨다는 거요?"

이 새끼는 윤봉섭의 계획과 조일권의 잔머리에 화를 안 내고 엉뚱한 걸로 지랄이다.

"야! 그런 게 아니잖아!"

"그럼 뭐가 문제요!"

"사람 말을 듣긴 들은 거냐?"

강찬이 기가 막힌 웃음을 터트릴 때쯤 미사리에 도착했다.

커피를 주문하고 담배에 불을 붙이자, 새삼 석강호와 함께 일상으로 돌아왔구나 싶었다.

"돌아오는 주까지가 방학인 건 아쇼?"

"그러냐?"

상관없다. 2학기에는 라노크가 학교를 빼 준다고 했다.

커피가 나와서 한 모금 마시는데 전화가 울렸다. 이 새끼를 잊고 있었다.

"여보세요?"

[대장, 스미든이오.]

"뭐 소식 좀 있냐?"

[다 만나 봤고, 그중 한 명은 잠자리까지 했소.]

벌써?

제법 성과가 있었는데, 정말 중요한 건 그게 아니다.

"그래서 얻은 게 있냐?"

[죽여줍니다. 일주일 안에 4명과 잠자리할 수 있을 거 같아요. 대장, 이 임무 환타스틱합니다. 스릴도 있고.]

강찬은 애꿎은 강을 노려보았다. 잠을 자라고 보낸 게 아닌 거다.

"스미든, 그래서 얻은 정보가 있냐고?"

[노우, 대장. 중간보고입니다.]

"알았다. 혹시 정보 생기면 전화해라."

전화를 끊은 강찬이 이를 꽉 깨물자, 석강호가 슬쩍 눈치를 살폈다.

"뭐라는데 그러쇼?"

"한 명하고 잠자리까지 했다는데 아직 정보 얻은 건 없단다."

"병신."

강찬이 커피를 들었을 때 석강호가 뱉은 욕이다.

이 새끼는 이상하게 대원들과 친하지 않았다. 늘 혼자서 전체를 따돌리다시피 했는데, 그런 만큼 유독 자신을 따랐었다.

"다른 일 없으면 김 팀장님한테 한번 가 봅시다."

"그건 생각 좀 해 보자."

강찬 역시 그 생각을 안 해 본 게 아니다.

"작전에 실패해서 대원들 반이나 죽고 포로로 있다가 나온 거다. 지금쯤 죽고 싶은 심정일 텐데 불쑥 가는 건, 글쎄? 나라면 당장은 누구도 만나고 싶지 않을 거 같다."

"그건 그러네."

석강호가 커피 잔을 들며 고개를 끄덕였다.

"참! 김태진 대표가 너 한 번도 연락 없다고 서운해하더라. 밥 한번 먹자고 했더니 목 빼고 기다린다고 하고."

"그럼 지금 전화해 볼까요?"

석강호가 히죽 웃으며 질문을 던졌다. 나쁘지 않은 생각 같아서 강찬은 고개를 끄덕여 주었다.

"여보세요? 대표님? 석강호입니다."

반갑게 통화를 시작하고 몇 마디 하지도 않아서 석강호는 미사리의 위치를 설명하기 시작했다.

"천천히 오세요."

전화를 내려놓은 석강호가 '이리 온답니다.' 했다.

일단 하루는 쉰다.

강찬은 멀리 강가를 보며 피식 웃었다.

양진우, 이 새끼를 어떻게 죽이지?

⚜   ⚜   ⚜

서정그룹 회장 양진우의 공식 집무실은 강남 테헤란로의 서정그룹 사옥 29층이다.

천 평에 가까운 한 층을 집무실로 사용하는데, 일요일인데도 비서실은 전원 출근해서 직원 13명이 무거운 얼굴로 대기하고 있었다.

접견실만 모두 5개, 접견 대기실 둘, 그리고 회의실 셋, 그 외에 책상이 있는 집무실과 샤워 시설을 갖춘 침실, 간단한 기구와 골프 연습을 할 수 있는 휴게실이 있었다.

양진우는 불편하고 못마땅한 얼굴로 제1접견실에서 곽도영과 마주 앉았다.

"이 나라에 법이 있긴 있소? 서정그룹의 비서실장이 개인 집무실에서 폐인이 되다시피 당했는데, 그걸 지켜보고만 있으라니. 도대체 무슨 생각들이오?"

곽도영이 고개를 살짝 숙인 채로 깊은 한숨을 내쉬었다.

"허 의원이 얼마나 바쁜지는 모르겠지만, 벌써 두 번씩이나 곽 보좌관만 보낸 것으로 의중은 알았소. 이 시간 이후로는 나도 내가 알아서 할 테니까 그렇게 전해 주시오."

"회장님, 그렇게까지 생각하실 일은 아닙니다."

양진우가 입술 한쪽을 쳐올리며 언짢은 미소를 지었다.

"허 의원의 뜻이 이런 거라면, 난 나대로 살면 돼. 만약 어설픈 이유로 날 위협한다면 나도 혼자 죽지는 않을 자신이 있고. 이 시간 이후로는 내가 알아서 움직일 테니까 당분간 연락하는 일이 없었으면 한다고 전해 주시오."

말을 마친 양진우가 창으로 고개를 돌리다가 별안간 곽도영을 노려보았다.

"세상 참! 대선도 아닌데 몇십 명 들여오겠다고 가져간 돈이 100억이요, 100억! 그래 놓고 매번 같이 앉았던 조 실장이 저렇게 되었는데 참으라고! 100억을 저놈 모가지에 걸면 오늘 밤에라도 쟁반에 들고 올 놈이 산더미요!"

"회장님, 준비했었습니다. 그런데 문재현이 중간에 끼어

들어서 일이 망가진 겁니다."

"문재현! 문재현! 언제까지 그 근본 없는 놈을 핑계로 댈 거요! 당장 이 정도라면 그놈의 철도가 연결되지 않더라도 정권을 찾아올 수나 있겠소! 공장은 말할 것도 없고, 심지어 이 양진우가 앉아 있는 건물에서 노조가 생기는 마당이요! 개가 밥상에 마주 앉아서 수저를 내놓으라고 하는 판에 지난 몇 개월 동안 200억이 넘는 돈을 가져가 놓고 고작 한다는 소리가 또 문재현이요!"

양진우의 목에 핏대가 튀어나왔다. 작정했단 뜻이다.

이미 허상수에게서 기대할 것이 없다고 혼자 결론을 내렸다는 의미이기도 했다.

"국정원장 자리만 넘어오면 모든 게 끝납니다."

"언제? 내가 조 실장처럼 반병신이 돼서 병원에 누워 있은 다음에? 난 이미 손을 썼소."

"회장님."

"어디서 눈을 부라려!"

"그런 뜻은 아니었습니다. 죄송합니다, 회장님."

곽도영이 바로 고개를 숙였다.

"이 말씀은 드리면 안 되는데, 회장님께서 혹시 오해가 깊어지실까 봐 드립니다."

창을 향해 고개를 튼 양진우가 눈알만 움직여 곽도영을 보았다.

"지금 의장님과 의원님, 두 분께서 중국에 가 계십니다."
"흥! 점심때 중국요리가 생각난 모양이지?"
"문재현이 특수팀을 보냈었습니다."
 양진우의 고개가 검지 길이만큼 곽도영을 향해 움직였다.
"자세한 내용은 알기 어려운데, 그 일로 중국 고위 관리와 의장님께서 극비리에 준비하시던 일이 깨진 것으로 압니다."
"결국, 내 돈을 날려 먹었단 말이로구만!"
"한국 특수군 소속 시체 13구를 보관 중입니다. 조만간 인터넷과 뉴스에 대대적으로 보도될 예정입니다. 신원이 전혀 나오지 않지만, 얼굴이 보도되면 아는 사람 하나 안 나오겠습니까? 그래서 문재현이 보낸 것으로 파악되면 어떻게 되겠습니까?"
"문재현을?"
"문재현은 쉬운 놈이 아닙니다. 대신 이번만큼은 국정원장이 물러나야겠지요. 중국도 그 정도 선에서 더는 일을 만들지 않겠다고 할 겁니다. 의장님과 의원님 두 분은 지금도 중국에서 바빠 움직이고 계십니다."
 어느 틈에 양진우는 곽도영을 정면으로 보고 있었다.
"아무튼! 지켜는 보겠소. 그리고 내가 이미 손을 써 놓은 것이 있으니, 그 점은 알고 계시오!"
"회장님의 현명한 판단 기대하겠습니다."

곽도영이 고개를 숙이자 양진우가 협탁 서랍을 열었다.

"여기! 이후로 못 보게 되더라도 곽 보좌관이 내게 보인 마음이 고마워서 드리는 거요."

그는 곽도영의 앞으로 봉투를 밀어 놓았다.

"회장님, 의원님의 열정을 생각해 주시고, 기쁜 소식이 생기면 그때마다 연락드리겠습니다."

"넣어 두라니까 그러네. 그거 거절하면 나 곽 보좌관 정말 안 봐."

곽도영이 나직하게 한숨을 내쉰 후에 봉투를 품에 넣었다.

"가 보겠습니다."

그리고 절도 있게 인사를 마치고는 접견실을 나갔다.

"흐- 흠."

양진우는 한숨을 내쉰 다음, 협탁에 올려놓았던 전화기를 들고 통화 버튼을 눌렀다.

"어떻게 됐어? 세흐토 브니므? 그래! 그렇게 명성 있는 조직을 이용해야지! 돈이나 빼먹으려던 조 실장 꼴이 되어선 안 돼. 그래! 서양 놈이 들어오는 것보다는 동양인이 들어오는 게 맞지! 서두르되 단단하게!"

만족한 얼굴로 통화를 마친 양진우는 협탁 위 인터폰을 눌렀다.

[네, 회장님.]

"잠깐 들어와."

[알겠습니다, 회장님.]

달칵.

문이 열리고, 단정한 복장의 여직원이 양진우 앞으로 걸어왔다. 아직 앳된 기가 가시지 않은 얼굴이었다.

양진우가 창가로 움직이자 여직원의 표정이 딱딱하게 굳었다.

"뭐해? 이리 안 오고."

"네, 회장님."

고개를 숙인 채로 창가로 걸어간 여직원을 양진우가 거칠게 잡아당겼다.

콰앙.

창에 부딪힌 여직원의 뒤에서 스커트를 걷어 올린 양진우는 그보다 더 급하게 여직원의 속옷을 잡아 내렸다.

"얼른 숙여!"

한 손은 여직원의 허리를 당기고, 다른 한 손은 허리띠를 푸느라 바빴다. 그래서 양진우는 수치심에 눈을 꼭 감은 여직원의 얼굴을 보지 못했다.

제5장

이상하게 뒤로 밀린다

김태진, 석강호와 함께 점심을 먹은 강찬은 곧바로 집으로 들어왔다.

저녁을 먹고 나서 TV를 보고 있는데, 김미영에게서 문자가 왔다.

{집에 왔어?}

아차! 사흘쯤 뒤에 집에 온다고 했었다.

곧바로 통화 버튼을 눌렀고, 아파트 벤치에서 김미영을 만났다. 걱정스러울 정도로 핼쑥한 얼굴이었다.

"얼굴이 이게 뭐야?"

"공부해야 돼. 프랑스 유학 꼭 갈 거야."

강찬은 물끄러미 김미영을 보았다. 이 녀석은 함께 유학을 가기 위해 묵묵하게 공부에 열중하고 있었던 거다.

"미영아, 우리 그냥 서울대학교 갈래? 너만 괜찮다면 그렇게 준비하자."

"서울대학교?".

"응. 사실 서울대학교에서도 입학 허가받았어. 아마 2학기에 통지 올 거야. 특례 입학인가? 그런 걸로."

"정말?"

"정말. 그러니까 조금 여유를 가져. 어차피 너도 서울대학교 입학해서 1학년 마치고 유학 준비한다고 했잖아. 프랑스어 공부는 그때 상황 봐 가면서 하자."

실망하는 기색이 먼저 보였고, 다음으론 강찬의 배려가 고마운 얼굴이었다.

불쑥 컸다. 힘겨운 시간이 김미영의 얼굴에 성숙함을 끌어낸 느낌이었다.

자연스럽게 다가오는 김미영을 강찬이 안아 주었다.

슬며시 웃음이 났다. 처음에는 딱딱하게 굳어서 어색하게 안기던 것과 달리 지금은 자신의 상체를 힘껏 안을 만큼 적극적인 포옹이었다.

강찬도 김미영도 커다랗게 숨을 내쉬었다.

"누가 보면 어쩌려고 그래?"

아파트 앞이다. 동네 아줌마들은 마치 텔레파시로 의사를 전달하는 것처럼 바로바로 말을 퍼트린다.

강찬을 보기 위해 고개를 든 김미영의 눈빛이 간절한 바람을 전해 왔다.

쪽.

강찬은 김미영의 이마에 입을 맞춰 주었다.

"호호호호. 나, 서울대학교 합격 통지받으면 우리 또 여행 가자."

"그래."

김미영의 몸이 뜨거워지는 만큼 어딘가가 자꾸만 반응을 일으키려 했다. 급하게 석강호를 떠올리는 순간, 몸과 마음이 차분하게 가라앉았다.

잠시 뒤, 강찬의 가슴에 머리를 파묻고 있던 김미영이 아쉬운 얼굴로 한 걸음 물러났다.

"들어가. 기운 내고. 알았지?"

"응! 여행 가기로 한 거, 잊으면 안 돼."

"알았다."

"안녕!"

김미영을 들여보내고 일요일이 끝났다.

⚜ ⚜ ⚜

월요일에는 2명의 여직원이 강유재단에 출근했다.

한 명은 재단 관리를 위한 파견 근무, 이은명이란 요원은 위탁 교육 형태로 3개월만 출근하게 해 달라는 총리실의 요청에 의해서였다.

　강유모터스에는 영업사원 여섯이 요원이다.

　한 명은 반드시 사무실을 지키고, 외근을 나간 직원들도 전부 근방에서 대기한다. 게다가 한 명은 근처에 산다는 핑계로 강대경과 같이 출퇴근을 하기 때문에 강찬은 어느 정도 걱정을 덜 수 있었다.

　유혜숙은 강유재단의 업무가 생각보다 많은 것에 놀라는 눈치였다. 그럼에도 행복해 보였다. 강찬을 제대로 챙겨 주지 못하는 것을 미안해하면서도, 무언가 할 일이 있는 것에 만족한 얼굴.

　요원의 배치가 끝나자, 강찬은 양진우의 자료를 검색하며 하루를 보냈다.

　저녁을 먹고 나서 소파에 앉았을 때였다.

　"일이 많이 힘드세요?"

　강찬은 유혜숙의 어깨를 잡고서 조심스럽게 주물러 주었다.

　"아! 아!"

　손에 힘을 줄 때마다 어깨를 비틀었지만, 유혜숙은 싫지 않은 표정이었다.

　"엄마가 일하게 돼서 아들 못 챙겨 주면 어떡하지?"

　"우리보다 어려운 사람들 돕는 일이잖아요. 걱정하지 마세요. 대신 무리하지 마시구요. 아셨죠?"

"고마워, 아들."

유혜숙이 팔을 돌려 강찬의 손을 다독여 주었다.

"새로 온 직원들이 워낙 잘해 줘서 그나마 다행이야."

"잘됐네요."

"아들 덕분이야. 고마워, 아들."

이럴 때 뭔가 멋진 답이 있을 것 같은데, 강찬은 그냥 미소만 짓고 말았다.

강대경이 귀가하고, 셋이서 한 시간 정도 이야기를 나눈 후 방으로 들어왔다.

책상에 앉는데 전화기에서 파란 불빛이 깜박였다. 진동음이 TV 소리에 묻혔던 건지 전화 온 줄을 몰랐다.

라노크였다.

강찬은 얼른 통화 버튼을 눌렀다.

[강찬 씨, 라노크입니다.]

"예, 대사님. 전화를 바로 받지 못했습니다. 죄송합니다."

[그럴 수도 있지요. 내일 괜찮으면 잠시 만날 수 있을까요?]

라노크가 단순히 얼굴 보자는 건 아닐 테고.

"알겠습니다. 어디로 갈까요?"

[남산호텔이 좋겠습니다.]

이 양반은 남산호텔에 뼈를 묻을 생각인가?

아무튼, 장소 가지고 이러쿵저러쿵하기는 어렵다.
[11시 괜찮습니까? 점심이나 같이하지요.]
"예, 그렇게 하겠습니다."
뭔가 하고 싶은 말이 있을 텐데 워낙 능구렁이라 속을 읽기는 어려웠다.
하긴, 귀찮게 짐작할 게 뭐 있겠나? 내일 점심때면 알 걸 말이다.

⚜   ⚜   ⚜

화요일 아침.
함께 출근하는 강대경과 유혜숙을 강찬이 배웅했다. 강유모터스의 옆 건물에 강유재단이 있으니 당연한 일이다.
"아들, 점심은 어떡하지?"
"낮에 프랑스 대사님과 같이 먹기로 했어요."
"그래. 맛있게 먹고 와."
행복해 보이는 모습이 좋아서 강찬은 기분 좋게 유혜숙의 등을 다독였다.
"다녀오세요."
두 사람이 출근했다.
생각해 보면 기가 막힐 일이다. 고등학생인 아들은 프랑스 대사와 점심 약속이 있고, 그 부모님이 출근하는 주변에는 국가정보원 소속의 요원만 대략 20명 가까이 움직이는 거다.

그것도 당사자들은 전혀 모른 채로 말이다.

커피나 한 잔 마시고, 어차피 귀신처럼 알고 나타나 인사를 해 댈 주철범을 생각하면 지금쯤 옷을 갈아입는 게 맞다.

웅웅웅. 웅웅웅. 웅웅웅.

옷을 막 꺼내 드는 순간에 전화가 울렸다.

"여보세요?"

[차니, 우리 드라마 수출하게 됐어!]

대뜸 흥분한 미쉘의 음성이 들렸다.

"잘됐다. 어디로 수출되는 건데?"

[유럽 전체. 우리나라 드라마가 유럽 전체에 판매되는 건 이번이 처음이야! 잘되면 드라마 완성 전에 투자금을 전부 회수할 수도 있어. 조만간 기사가 나갈 거야! 은소연이 세계적인 스타가 될지 몰라. 아니, 꼭 그렇게 만들 거야, 차니!]

이럴 때 근처에 없어서 다행이다. 안 그랬으면 분명 몸뚱이가 뜨거워져서 달려들었을 거다.

[안 기뻐?]

"왜 안 기뻐? 수고 많았다, 미쉘."

[그래서 말인데, 우리 직원들 응원하러 한번 들러 줘. 지난번 회식 때 못 와서 다들 서운해해.]

"오늘도 방송국에 있어?"

[오늘은 야외 촬영이 없어서 오후 4시경에 모두 끝나. 연습생들은 숙소에 돌아가라고 해도 남아서 연습 더하는 상황이고, 소연이까지 악착스럽게 대본 리딩하니까 다들 사무실에 있을 거야.]

연습생들이 펄쩍펄쩍 뛰던 모습이 떠올랐다.

"봐서 전화할게. 점심 약속이 끝나 봐야 알아."

[이 일 시작하면서 이렇게까지 될 거란 기대 못했었어. 고마워, 차니. 정말 고마워.]

"일은 미쉘이 다 했는데 뭘! 이따 봐서 전화할게."

전화를 끊은 강찬은 셔츠와 양복으로 갈아입었다.

오늘은 무사히!

고급 양복인데 벌써 몇 번째 세탁하는지 세기도 어렵다. 오늘만큼은 멀쩡하게 입고 돌아왔으면 싶었다.

⚜ ⚜ ⚜

10시 20분경 호텔에 도착했다.

이젠 아예 익숙하기까지 해서 강찬은 실없는 웃음을 지었다.

로비 라운지에 앉아 커피를 주문했는데 커피보다 주철범이 먼저 나타났다.

이 새끼는 어떻게 이럴 수가 있는 거지?

"나오셨습니까? 형님."

"야! 인사 좀 평범하게 하고, 그놈의 형님 소리 좀 하지 마."

"다른 분들은 몰라도 형님만큼은 끝까지 형님으로 모시고 싶습니다."

지랄한다.

"스위트룸 하나 예약해 주라."

"알겠습니다, 형님. 담배 하실 거면 제 방으로 모시겠습니다. 커피는 그리 옮겨 달라면 됩니다."

"번거롭다."

"처리하고 오겠습니다."

주철범이 프런트로 움직이자 직원이 커피를 가져왔다.

다라라라락.

그런데 처음 보는 여직원이 어찌나 손을 떠는지 커피 잔이 요란하게 흔들렸다.

딸카닥.

하마터면 잔이 쓰러질 뻔했다.

"죄송합니다!"

잔을 놓느라 숙인 여직원의 가슴에 '수습사원 이지연'이라는 명찰이 달려 있었다.

지배인이 화들짝 놀란 얼굴로 달려왔다.

"죄송합니다, 강 선생님. 어제 행사가 있어서 오전에 수습 직원만 2명 나왔는데 마침 제가 다른 곳을 보는 동안 실수한 모양입니다. 새것으로 준비해 드리겠습니다."

지배인이 이지연에게 눈짓을 했다. 받침대에 커피 좀 흘린 것치고는 과한 반응이다.

"괜찮아요. 그냥 두세요. 그리고 자꾸 이러시면 불편해서 여기 못 와요."

강찬이 풀썩 웃으면서 사양할 때 주철범이 다가왔다.

"무슨 일 있습니까? 형님?"

"내가 잔을 받다가 좀 흘린 거야. 앉아라. 커피 마실래?"

"시간 괜찮으십니까?"

"너랑 차 한잔하려고 조금 일찍 왔다."

"감사합니다, 형님."

감격한 얼굴로 허리를 꺾은 다음 주철범이 자리에 앉았다.

"커피 좀 주세요."

지배인이 고마운 눈빛으로 이지연과 함께 돌아간 다음이다.

"1901호로 준비했습니다, 형님."

놈이 카드 키를 공손하게 건넸다.

전에 샤흐란의 옆구리를 갈랐던 방 같은데, 그게 뭐 큰 의미가 있는 건 아니니까.

"광택이는 요즘 어떠냐?"

"날카로우십니다, 형님. 주변 조직들까지 광택이 형님 눈치 보고 있을 정도입니다."

주철범이 침울한 표정으로 고개를 숙일 때 지배인이 직접 커피를 가져다주었다.

"도석이 상태는?"

"아직 의식이 안 돌아왔습니다, 형님."

이건 뭐라고 할 말이 없다.

커피를 마시는데 전화가 울렸다. 쎄실이었다.

"여보세요?"

[차니! 차니 계좌로 500억이 송금됐어!]

"그래? 그게 입금된 모양이네."

[도대체 차니는 정체가 뭐야? 지금 지점장이 차니를 만날 수 있게 해 달라고 난리야!]

"바쁘니까 나중에 통화하자."

[미안! 꼭 전화해 줘.]

"알았다."

라노크가 말했던 금액이 입금된 걸 거다.

세상 참. 눈앞에 보이는 게 아니라서 그런지 전혀 실감 나지 않는 금액이었다.

"언짢은 소식입니까?"

내 인상이 그랬나?

적당히 둘러대고 커피를 마시는데, 전화가 울렸다.
"대사님, 강찬입니다."
[강찬 씨, 5분 뒤에 도착입니다.]
"알겠습니다."
강찬은 주철범에게 나중에 보자는 말을 남기고 현관으로 움직였다.

잠시 후, 검은 승용차와 승합차가 현관으로 들어섰다.
"강찬 씨."
"대사님."
거창하게 프랑스식 인사를 나누고 곧바로 객실로 향했다.
차와 시가, 그리고 재떨이가 준비되었고, 비서관과 요원들이 거실의 안쪽으로 움직였다.
"안 좋은 소식 하나와 기쁜 소식이 하나 있습니다."

서양 놈들은 왜 이런 표현을 즐겨 쓸까? 전혀 재미없는데 말이다.

불을 붙이지 않은 시가를 입에 문 채로 라노크가 입을 열었다.

"먼저 안 좋은 소식은 지난 작전에서 사망한 한국 특수팀의 시체를 중국이 가지고 있다는 것입니다. 얼굴을 확실하게 알아볼 수 있도록 사진을 준비하는 모양입니다. 절차만 몇 가지 거치면 조만간 대대적인 보도와 함께 한국 정부에 정식으로 항의할 것으로 판단하고 있습니다."

쯧!

국제적 이해관계는 잘 모르겠지만, 죽은 요원들과 포로로 잡혔다가 구출된 요원들, 그리고 이 작전을 총괄했던 국가정보원은 국제적인 망신을 피할 수 없게 생겼다.

강찬은 당장 김형정이 가장 걱정되었다.

"기쁜 소식은 뭔가요?"

담배를 꺼내 불을 붙이고 던진 질문에 라노크가 입을 열었다.

"어제 유럽의 친구들에게서 연락이 있었습니다."

워낙 구렁이들이라 어떤 내용인지 짐작도 가지 않았다. 그러면서 강찬은 깜박 잊고 있었던 것이 떠올랐다.

"아! 대사님, 오늘 입금하셨던 모양인데 고맙다는 인사를 못했습니다. 대사님께 감사드리고, 친구분들께는 제가 고마워하더라고 꼭 전해 주십시오."

"강찬 씨는 별로 기뻐하지 않는 것 같은데요?"

"실감 나지 않는다는 것이 맞을 겁니다."

라노크가 재미있다는 표정으로 입을 열었다.

"다음 주에 유니콘 프로젝트의 발표가 있을 예정입니다. 이틀쯤 지나면 신문에 짐작 기사가 뜨고, 예상 국가 명단이 떠돌게 될 것입니다."

유니콘 프로젝트가 정말 이루어지는 건가?

강찬은 멍한 느낌으로 라노크를 보았다.

"가능한 한 빨리 국무총리를 직접 만나서 뜻을 전하시고, 협조 요청을 하나 해 주시면 좋겠습니다."

"협조 요청이요?"

찰칵!

라노크가 라이터를 들더니 이제야 시가에 불을 붙였다.

뻐끔. 뻐끔.

구렁이답게 사람 궁금하게 해 놓고 불을 붙인다.

"중국의 의도는 한국 정부와 나를 곤경에 빠트리겠다는 것입니다. 그래서 유니콘 프로젝트의 발표를 한국에서 할 작정입니다. 유럽과 러시아의 유니콘 프로젝트 책임자들이 한국으로 올 생각이지요. 이렇게 되면 중국은 예정했던 보도도 철회하게 될 것입니다. 강찬 씨, 협조 요청을 해 주시겠습니까?"

강찬은 풀썩 웃으며 라노크를 보았다.

"제가 우리 정부에 엄청난 공을 세운 것으로 만드시려는 거네요. 혹시 따로 바라시는 것이 있나요?"

"하하하하."

이렇게 웃는 라노크를 보는 게 이번이 두 번째다.

"이번에 각국의 정보 담당자들까지 모조리 움직입니다. 한국의 국가정보원과 협력을 요청할 생각이지요. 그 앞에 강찬 씨를 세우고 싶습니다."

시가를 한 모금 빨아들인 라노크가 말을 이었다.

"강찬 씨, 유니콘 프로젝트가 한국에서 발표되면 올해 안에 한국으로 들어오기를 희망하는 외국 자본이 50조쯤 됩니다. 거의 모든 회사가 한국에 지사나 조립 공장, 또는 물류 센터를 짓고자 할 것입니다. 당장 한국이 가지고 있는 부동산 가치가 최소 3배 이상 오르게 되지요."

이건 그리 좋게 들리지는 않았다.

강찬의 표정을 본 라노크가 궁금한 눈빛을 띠었다.

"그렇게 되면 현재 부동산을 가진 부자들만 더 잘살게 되는 거 아닌가요? 집을 마련하려는 사람들은 더욱 힘들어지구요."

라노크가 머리를 끄덕이며 나직하게 숨을 내쉬었다.

"꼭 그렇지는 않습니다. 외국에서 들어오는 기업들은 한국인 사원을 고용할 필요가 있고, 그런 기업들은 인재들을 선점하기 위해 당연히 주거, 그리고 급여, 후생 복지를 신경 쓰게 됩니다. 그렇게 되면 기존의 한국 기업들도 인재를 놓치지 않기 위해 그들을 따를 수밖에 없지요. 또 있습니다."

강찬의 표정이 풀어지는 것을 보며 라노크가 묘한 미소를 지었다.

"대기업에 속해 있던 중소기업이 세계 유수의 기업들과 손을 잡을 기회를 얻습니다. 그러면 한국 내 그룹이나 재벌이 기존에 고수해 왔던 방식으로는 살아남기 어려운 시장이 열립니다. 결과적으로 중소기업에 다니는 직원들도 급여만으로 지금보다 풍족하고, 여유로운 삶을 누리게 되는 겁니다."

조일권이 말했던 게 이런 거였구나!

강찬은 어렴풋이나마 조일권이 지껄였던 내용들을 짐작할 수 있었다.

"마지막으로 국가는 엄청난 세금 수입이 생깁니다. 극빈층이나 노약자들에 대한 복지가 지금과는 전혀 다른, 상상조차 하지 못하는 수준이 될 것입니다."

"굉장하군요."

"올해는 시작일 뿐입니다. 앞으로 몇 배나 더 많은 경제적 효과가 일어날 것입니다. 중국과 일본이 암살까지 작정한 이유가 여기에 있지요. 일본은 이 시장에서 철저하게 외면받아 상대적 몰락을 맞을 테니까요."

라노크의 설명 덕분에 강찬은 지금까지 왜들 이렇게 악착스럽게 매달렸는지를 대강이나마 깨닫게 되었다.

"협조 요청을 해 주시겠습니까?"

"할 수밖에 없겠는데요? 무척 좋아하겠군요."

"모르긴 몰라도."

라노크는 들고 있던 차를 한 모금 마신 후에, 말을 이었다.

"며칠은 잠을 못 잘 겁니다."

강찬이 풀썩 웃자 라노크가 함께 웃음을 터트렸다.

다른 건 몰라도 김형정의 노력이 헛되지 않아서 다행이란 생각이 먼저 들었다.

점심은 방에서 주문해서 먹었다.

화제는 주로 최근 안느의 활동에 관한 것이었는데, 생각 밖으로 잘해 내는 모양인지 말을 전하는 라노크의 표정이 무척 밝았다.

디저트를 먹을 때였다.

"강찬 씨, 당장 돈을 쓸 일이 있습니까?"

지나가는 말처럼 물어보는 터라 강찬은 흘깃 시선만 주었다.

"내일 중으로 주식에 200억, 선물에 300억쯤 투자하세요. 각각 7일 후에 매각하시는 게 가장 현명합니다."

"주식은 알겠는데 선물은 또 뭡니까?"

라노크가 여유롭게 웃었다.

"거래하는 증권사에 말씀하시면 알고 있을 겁니다. 대신 절대로 다른 사람에게는 말씀하지 마십시오."

"그냥 놔두죠. 제대로 알지도 못하는 데다, 돈 욕심도 없고, 유니콘 발표를 틈타서 그런 눈먼 돈을 벌고 싶지는 않습니다."

그럴 줄 알았다.

라노크의 표정이 의미하는 바가 꼭 그랬다.

"내가 7일을 말씀드린 이유는 그때까지도 주식과 선물을 사고자 하는 사람들이 간절한 심정으로 주문을 넣는 시기

이기 때문입니다. 물론 그 사람들도 최소한 몇 배의 수익을 낼 것입니다. 그렇게 되면 강찬 씨는 일주일의 투자로 지금의 몇 배에 달하는 어려운 이들을 도울 수 있습니다. 아프리카에는 아직도 굶어 죽는 아이들이 많습니다."

묘하게 설득력 있는 이야기다.

"다시 말하지만, 외부에 알려서는 안 됩니다. 주문이 어려우시면 증권 계좌 번호와 비밀번호를 알려 주세요. 보좌관이 처리토록 하겠습니다."

"그게 좋겠네요."

"탁월한 판단입니다, 강찬 씨."

디저트 포크를 내려놓은 라노크가 냅킨으로 입을 닦으며 만족한 듯한 미소를 지었다.

⚜ ⚜ ⚜

라노크와 헤어진 강찬은 그가 두 번이나 부탁한 대로 쎄실에게 먼저 전화를 걸었다.

[여보세요? 차니?]

"통화 괜찮아?"

[물론이지. 아깐 바쁜데 미안했어. 우리 회사 VIP 고객 몇 분을 제외하고, 그런 금액을 상대해 본 적이 없어서 당황했었나 봐.]

"그건 됐고. 200억은 주식 주문을 넣을 거고, 300억은 선물? 그거 주문 넣을 건데 되는 거지?"

[오우! 파생 상품 투자를 하려고? 선물 거래는 반드시 차니의 사인이 있어야 해. 거기에 위험 고지를 받았다는 것도 증명해야 하고. 지금 어디야? 내가 바로 준비해서 갈게.]

"그럼 내가 한두 시간 뒤에 전화할게. 저녁에 미쉘 만날지 모르니까 그쪽에서 보면 되겠다. 괜찮지?"

[오케이, 차니! 이후의 약속을 전부 비워 둘 테니까 언제고 전화 줘.]

"알았다."

통화를 막 끝냈을 때 주철범이 다가왔다.

"가십니까? 차는 어떻게 하셨습니까? 형님?"

"전화할 곳도 있고, 만날 사람도 있으니까 내가 알아서 갈게."

"알겠습니다, 형님. 살펴 가십시오."

모르는 사람이 보면 꼼짝없이 깡패 꼴이다.

강찬은 일단 로비 라운지로 들어가서 형식적인 주문을 하고는 전에 24시간 대기한다던 번호를 찾아서 통화 버튼을 눌렀다.

상대방 연락음이 꼭 한 번 울린 직후였다.

[어떤 일을 도와드릴까요?]

정말로 전화만 기다리는 사람이 있었다는 건가? 그것도

24시간 내내?

"강찬입니다."

[알고 있습니다. 필요하신 내용을 말씀하시면 바로 조치하겠습니다.]

친절한데도 무언가 사무적인 느낌을 지울 수 없는 통화였다.

"총리님을 최대한 빨리 뵙고 싶은데 연락이 됩니까?"

순간, 여직원이 멈칫한 것이 느껴져서 강찬은 픽 하고 웃고 말았다.

[급한 용무이신가요?]

"예."

[바로 연락드리고 결과를 알려 드리겠습니다.]

통화를 끊은 강찬은 실없는 웃음을 웃으며 전화기를 내려놓았다.

대기했던 직원은 얼마나 지루하고 힘들었을까? 김형정이 있었다면 이런 전화도 안 했을 거다.

주문한 음료수가 나왔을 때 전화가 울렸다.

"여보세요?"

[강찬 씨, 고건우입니다. 만날 일이 있다고 했다면서요?]

"네, 총리님. 꼭 뵙고 말씀드리고 싶습니다."

[급한 일입니까?]

"유니콘 프로젝트와 관련된 일입니다."

[알겠습니다. 지금 어디 있습니까?]

갑자기 고건우의 말이 빨라졌다.

"남산호텔입니다. 제가 움직여도 되니까 장소만 말씀해 주세요."

[아닙니다. 음.]

시간을 보는지 잠시 뜸을 들인 후에, 고건우 음성이 들려왔다.

[20분 내로 차를 보내겠습니다. 그때 뵙지요.]

"알겠습니다, 총리님."

강찬은 전화를 테이블에 올려놓으며 음료수를 노려보았다. 점심을 먹은 지 얼마 되지 않아서 손을 대고 싶지 않았다.

차라리 물이나 한 잔 달라고 할 걸 그랬나?

등받이에 몸을 기대던 강찬의 시선에 이지연이 들어왔다. 수습직원인 걸 보면 최소 고등학교는 졸업했을 텐데, 언뜻 보기에는 중학생으로 보일 만큼 앳된 얼굴이었다.

이지연은 긴장한 티가 역력했다. 당황해하는 표정에 몸이 굳어 동작이 딱딱했다.

졸업 시기는 아니니까 집에 있다가 겨우 취직된 건가 싶었다.

강찬은 시선을 창으로 돌렸다.

공부만 하는 아이들이 이지연보다 행복하다고는 말 못하

겠지만, 혹시나 이지연이 원하는 삶이 공부를 할 수 있는 환경일지 모른다는 생각이 들었다.

웅웅웅. 웅웅웅. 웅웅웅.

창밖을 보며 생각에 잠겨 있던 강찬을 전화기가 급하게 불렀다.

"여보세요?"

[총리실에서 연락드립니다. 남산호텔 현관으로 나오시면 차가 준비되어 있습니다.]

"네. 바로 나가죠."

아직 20분이 안 되었는데 빠르기도 하다.

계산을 마치고 현관으로 나가자, 검은색 승용차 옆에 서 있던 사내가 뒷문을 열었다.

철컥.

강찬이 타자 문을 닫아 준 사내가 얼른 조수석에 올랐다.

"총리님께서 말씀하신 장소로 이동합니다."

차가 움직이자 강찬은 어디로 향하는지 대충 짐작할 수 있었다. 전에 고건우를 만났던 미술관이다.

조수석에서 내린 사내가 바로 안으로 안내했다.

단정한 차림의 요원들과 일반 직원들이 모두 신분증을 달고 대기하고 있었는데, 소파에는 아무도 없었다.

"5분 안에 도착하십니다. 잠시만 기다려 주십시오."

강찬은 소파에 앉았다.

그깟 5분이야, 뭘.

천천히 벽에 걸린 그림을 보며 이 미술관은 도대체 뭐하는 건물일까 하고 생각했다.

그림 4개를 보고 난 다음이었다. 발소리가 바빠지더니 비서관과 요원이 안으로 들어섰다.

강찬은 입구에 들어서는 고건우를 보고 자리에서 일어났다.

"강찬 씨, 늦어서 미안합니다."

"제가 급하게 뵙자고 한 건데요."

"앉읍시다. 차 좀 주지."

정말이지 사양하고 싶은 주문이다.

자리에 앉은 고건우가 우선 숨을 토해 냈다.

"이번에 우리 강찬 씨가 고생 많았습니다. 일찍 만나서 인사를 해야 했는데 여러 가지 일이 많았습니다."

일이라면 강찬도 많았다. 거기에 윤봉섭과 조일권을 처리하면서 도움받은 것도 많고.

비서관이 차를 놓아주었다.

"차 마시고 이야기하지요."

배가 부른 참이라, 강찬은 입술만 대고 바로 찻잔을 내렸다.

"총리님, 죄송하지만 수행원들을 전부 내보내 주실 수 있으십니까?"

고건우가 놀란 얼굴로 주변을 둘러보았다.

"그 정도로 중요한 이야기인가요?"

고건우의 반응을 이해 못하는 것은 아니다. 하지만 한둘도 아니고 열댓 명이 있는 앞에서 전할 이야기는 아니란 생각이었다.

"예. 죄송하지만 그게 맞는 거 같은데요."

잠깐 고개를 갸웃했던 고건우가 결심을 굳힌 표정으로 입을 열었다.

"시간이 얼마나 걸립니까?"

"10분? 그 정도면 될 것 같습니다."

강찬의 대답이 떨어진 직후였다.

"그렇게 하지요. 여기, 잠깐 자리 좀 비워 주세요."

미술관의 벽을 타고 서 있던 직원들과 요원들이 고건우의 눈짓에 모두 밖으로 나갔다.

강찬은 그제야 이야기를 시작했다.

"오늘 라노크 대사와 함께 점심을 먹었습니다. 중국에서 한국 특수팀 시체를 보관하고 있고, 그 사진을 보도해서 한국 정부와 라노크를 압박하려 한다는 이야기를 먼저 했었습니다."

고건우가 볼을 씰룩이며 찻잔을 들었다. 목이 마르기보다는 화가 난 것을 감추기 위해 그런 것처럼 보였다.

"유니콘 프로젝트를 다음 주에 발표하겠답니다."

찻잔을 든 고건우는 밀랍 인형처럼 꼼짝도 않고 있었다.

"발표를 한국에서 하고 싶다는 뜻을 전해 달랍니다. 유럽과 러시아의 정보국 담당자가 모두 함께 오겠다고 하고, 이번 기회에 국가정보원과 교류를 맺고 싶다고도 했습니다."

달각.

고건우가 이지연만큼이나 거칠게 잔을 내려놓아서 내용물이 탁자에 튀었다.

"강찬 씨, 다음 주에 유니콘 프로젝트를 발표하는데 그것을 우리나라에서 하고, 그때 각국의 정보 담당자가 모두 참석해서 우리 국가정보원과 교류하겠다고 들었습니다. 맞습니까?"

흥분한 것 같은데도 강찬이 전한 말을 똑바로 알아들었다. 국무총리를 하는 사람은 과연 다르구나 싶었다.

"맞습니다. 각국의 유니콘 책임자, 정보국 담당자가 모두 온다고 들었습니다."

"푸흐흐흐."

고건우가 마치 석강호처럼 웃고 있었다.

"이건 마치, 뭐라고 해야 하나? 푸흐흐흐."

그토록 깔끔하게 말을 정리했던 고건우가 실성한 사람처럼 헛소리와 이상한 웃음을 연달아 터트려 댔다.

"뭔가 가슴에서 뜨거운 것이 올라오는데 실감이 나지 않는군요."

이상하게 뒤로 밀린다 • 191

강찬을 본 그가 어색하게 웃었다.

"내일 중으로 강찬 씨에게 전화하겠습니다. 물론 우리 정부에서 적극 협조할 사안이지만, 우리 쪽 실무자도 정해야 하는 일이라 하루쯤 시간이 필요합니다."

"그건 편하신 대로 하세요."

"하아."

숨을 토해 내며 고건우가 일어서는 바람에 강찬도 따라 일어섰다.

"강찬 씨."

고건우가 악수를 하듯 손을 내밀더니 두 손으로 강찬의 오른손을 꼭 잡았다.

"고맙습니다. 어쩌면 유니콘 프로젝트에서 당장 강찬 씨의 이름이 빠져 있을지 모르지만, 대통령님과 나는 절대로 잊지 않을 것이고, 발표가 끝나고 나면 따로 강찬 씨의 공로를 세상에 알리도록 하겠습니다."

"아닙니다, 총리님! 절대로 그러지 말아 주세요."

강찬은 고개까지 저으며 고건우를 말렸다.

지금도 충분히 귀찮고 번거로운 참이다. 발표가 끝나면 속 좀 편해지겠구나 싶은 판국에, 이게 무슨 물귀신 발목 잡아당기는 소리란 말인가.

강찬의 표정을 본 고건우가 너털웃음을 웃은 다음 다시 작게 숨을 토해 냈다.

"이건 나중에 따로 의논하지요. 이제 어디로 갑니까? 나가는 길이니까 나와 함께 타고 가면 됩니다."

"총리님, 전 택시가 편합니다."

"흠, 그럴 수도 있겠군요. 그렇다면 호텔 앞까지는 함께 움직이지요."

"감사합니다."

고건우와 함께 미술관을 나온 강찬은 호텔의 정문 근처에서 내렸다. 마침 택시가 길게 늘어서 있어서 바로 탈 수 있었다.

가는 길에 미쉘과 쎄실에게 전화를 걸었다.

하루가 정말 바쁘다.

유니콘 프로젝트?

500억으로 하는 주식 거래와 선물 거래?

자신이 원하는 삶은 아니지만, 최선을 다해 볼 생각이었다.

그나저나 돈의 단위가 자꾸만 커지는 게 부담스럽기도 했다. 빠져나오기 어려운 수렁으로 끌려 들어가는 느낌이라면 맞을 거다.

쯧! 일단 벌고 보자. 어려운 사람을 돕는 거라면 많으면 많을수록 좋은 거 아닐까?

강찬은 창밖을 보며 피식 웃었다.

세상이 참 불공평해 보였다.

⚜️ ⚜️ ⚜️

디아이에 도착한 강찬은 2층 사무실로 들어갔다.

"안녕하세요?"

가장 먼저 인사한 것은 지친 얼굴로 책상에 앉아 있던 코디와 메이크업 직원들이었다. 다음으로 김재태 부장과 경리 최유진이 일어나 인사했는데, 미쉘과 임수성이 각자의 방에서 급하게 나왔다.

"나오셨습니까?"

"어서 와, 보스!"

한눈에 보았을 때 직원들은 밝은 표정이었지만, 역시 지친 기색을 감추지 못하고 있었다.

"다들 너무 힘들어 보이는데 직원이 더 필요한 거 아냐?"

"아니에요!"

"아닙니다, 대표님."

코디와 로드 매니저들이 손사래까지 치며 아니라는 답을 했다.

"대표님, 지금 제작하는 드라마가 끝나고 반응을 봐 가면서 더 충원하면 됩니다. 저도 그렇고, 직원들 모두 이번 드라마가 경력이 됩니다. 심지어 무보수로 일하겠다는 전화도 오는 형편이니까 저희는 염려하지 않으셔도 됩니다."

임수성의 말에 직원들이 고개까지 끄덕였다. 본인들이 그렇다는데 더 무슨 말이 필요하겠나?

강찬은 미쉘과 함께 대표이사실로 걸음을 옮겼다.

"대표님, 차는 어떤 걸로 드릴까요?"

최유진의 질문에 강찬은 커피를 부탁했다.

소파에 앉으면서 돌아봤을 때, 책상 위에 서류들이 가지런히 놓여 있었다.

"저건 대표이사가 검토하고 봐야 할 서류들이야."

"알아서 하라니까."

"알아, 차니. 하지만 대표이사에게 보고할 준비는 해 두는 게 맞아. 그래야 직원들이 좀 더 긴장하고 방심하지 않아. 지금 내가 대표이사 한다고 하면 다들 실망할걸?"

강찬이 풀썩 웃을 때 최유진이 커피를 가져다주었다.

"유럽에서 공식 계약서가 이메일로 왔어. 법무법인에서 검토가 끝나면 사인할 때는 차니가 직접 와 줘야 해. 분위기가 이렇게 바뀌니까 조연으로 출연 중인 베테랑 연기자 분들이 연습생들을 따로 가르쳐 줄 정도로 관계도 좋아졌어."

미쉘은 들뜬 얼굴이었다.

"내가 이 일을 해 보겠다고 했을 때 바랐던 모든 게 이루어진 거 같아. 그래서 나나, 직원들이나 전혀 힘든 줄 몰라."

커피를 마신 강찬은 잔을 내려놓았다.

"지금 견딘다고 해서 언제까지 저럴 수 있을 거라고 생각하지 마, 미쉘. 지휘자는 두 걸음 앞을 봐야 돼. 그래서 더

이상하게 뒤로 밀린다 • 195

지원을 해야 하는지 아니면 여기서 멈춰야 하는지를 빨리 결정해 주는 게 맞아. 지금 미쉘이 할 일은 다음 작품을 언제 할지 결정하고, 그에 맞는 인원을 보강하는 거야. 이번 작품에서 같이 손발 맞추고, 다음 작품은 새로 뽑은 직원들이 완벽하게 적응할 수 있게 해."

미쉘이 감탄했다는 눈빛으로 강찬을 보았다.

죽고 사는 전쟁에 나서 봐라. 이런 건 저절로 익히게 된다.

똑똑똑.

그때, 노크와 함께 문이 열렸다.

"안녕?"

쎄실이었다.

미쉘이 반갑게 맞았고, 차를 부탁한 다음 자리에 앉았다.

"지점장이 따라온다는 걸 억지로 말렸어. 차니가 계좌 다른 곳으로 옮기면 나 잘릴지 몰라."

미쉘이 무슨 소리인가 하는 얼굴로 고개를 돌리는데 커피가 들어왔다.

"자! 여기, 내가 연필로 동그라미 쳐 놓은 곳에 사인해 주면 돼. 그럼 오늘부터 당장 주문 넣을 수 있어."

쎄실이 증권사 마크가 찍혀 있는 종이봉투에서 서류 몇 장을 꺼내 강찬 앞에 놓아주었다.

"파생 거래는 위험해. 여기 있는 걸 꼭 한 번 읽어 보고 결정하는 게 좋아, 차니."

강찬은 대충 읽는 척하고는 얼른 사인을 마쳤다.

"차니, 주식 하려고?"

"응. 그냥, 배우기도 할 겸 해서 해 보려고. 참, 주문 비밀번호는 어떻게 되냐?"

"그럴 필요 없이 나한테 바로 전화해, 차니. 내가 알아서 할게."

"나 말고, 혹시 다른 직원이 전화할 수도 있어."

"그럼 내가 주문받고 차니에게 확인 전화하지, 뭐. 그래도 되지?"

"그러자."

언제쯤 500억이란 돈을 실감하게 될까?

서류를 다시 종이봉투에 넣어 챙긴 쎄실이 만족한 얼굴로 입을 열었다.

"오늘 저녁은 내가 살게. 괜찮아?"

"위에 연습생이랑 전부 먹어야 하는데?"

"걱정하지 마셔, 미쉘! 차니 덕분에 법인카드 따로 받아 왔다구! 오늘 실컷 먹어! 아마 2천만 원까지는 괜찮을 거야!"

"어머! 어떻게 된 거야?"

"차니가 엄청난 계약을 하나 해 줬거든! 한 번 주문할 때마다 주식과 선물 수수료가 10억씩 나오는데 그중 우리 지점 수익이 3억에, 내 수수료만 3천이야. 그러니까 오늘 우리 마음 놓고 먹자구, 미쉘!"

"와! 잘됐다, 쎄실! 축하해!"

"이게 모두 미쉘이 차니와 연결된 덕분이지."

둘이 요란스럽게 떠들더니 마지막에는 끌어안고 난리를 쳐 댔다.

"차니, 정말 고마워."

쎄실의 인사에 강찬은 웃기만 했다. 이건 라노크가 만든 일이지, 자신은 뭘 하고 있는지도 제대로 모른다.

미쉘은 확실히 센스가 있고, 프랑스 여자 특유의 방식이 있어서 흥분한 쎄실을 보면서도 투자 금액이 얼마인지 묻지 않았다.

저녁은 다 같이 근처의 일식집에서 회를 먹었다.

살이 찌면 안 된다는 연습생들의 부탁에 따라 정한 메뉴였는데, 이하연처럼 거만하게 구는 년이 없어서 분위기는 더없이 화기애애했다.

"언제쯤 TV에 나오냐?"

"다음 주에 예고편 시작하고 열흘 뒤부터 방영이야. 여기 소연이는 물론이고, 저쪽에 연희하고 은정이는 예고편에도 나와."

말만 들어도 좋은지 연습생들이 헤벌쭉한 얼굴로 미쉘을 보았다.

한참 재미나게 먹고 떠들며 시간을 보냈다.

전에 알리온 일이 있어서인지 직원들은 강찬을 보며 안정감을 느끼는 것처럼 보였다.
 유일하게 걸리는 것이 있다면 은소연이었다.
 '저년이 뭔가 있는데?'
 강찬은 이따금 부딪치는 은소연의 눈빛이 불편했다. 그렇다고 밥 먹는 도중에 '너 왜 그래?' 하기도 그렇고. 나중에 계약 해지하고 다른 곳에 가겠다면 그건 또 할 수 없는 일이다.
 후식도 먹고 대충 식사가 끝났다.
 "미쉘, 신디가 지금 끝난대. 우리 가서 오랜만에 와인 한 잔하자. 내가 살게."
 "그럴까? 보스는 어때? 우리 같이 가자."
 "난 이만 들어가 봐야 돼. 당분간은 집에 좀 일찍 들어갈 일이 있어서."
 아쉬운 표정을 지었으나 미쉘은 끈적이지 않고 바로 받아들였다.
 강찬이 먼저 택시를 타고 집으로 향했다.
 길었던 월요일의 마무리였다.

⚜ ⚜ ⚜

 화요일은 아침을 먹고 강대경과 유혜숙을 배웅한 후에

컴퓨터를 켰다.

아직 양진우가 남은 거다.

양진우와 서정그룹에 관한 인터넷 검색을 하는 동안, 어제 강남의 서정그룹 사옥에서 여직원이 투신자살했다는 짤막한 보도가 나왔다.

'우울증?'

평소에 우울증을 앓았다는 동료 직원의 진술이 전부였다. 양진우를 빨리 처리 못하면 강찬도 우울증에 걸리게 생겼다.

강찬이 심오한 표정으로 모니터를 보고 있을 때였다.

웅웅웅. 웅웅웅. 웅웅웅

전화가 울렸다.

"여보세요?"

[강찬 씨, 고건우입니다.]

"네, 총리님."

[우리 정부는 라노크 대사의 요청을 적극 수용하고 최대한 협조할 것입니다. 우선 그렇게 전해 주시고, 공식적인 제안을 해 주기를 희망한다고 전해 주겠습니까?]

"예, 그렇게 하겠습니다."

[고맙습니다, 강찬 씨.]

"전 연락만 전했을 뿐인데요."

통화를 끊은 강찬은 바로 라노크에게 전화를 걸었다. 고건우의 뜻을 먼저 전했고, 다시 증권사의 쎄실 번호를 별도로 알려 주었다.

[공식적인 요청은 목요일에 있을 예정입니다. 혹시 발표가 조금 뒤로 미뤄질지는 모르겠지만, 공식 요청이 있게 되면 유니콘 프로젝트가 공공연하게 알려질 것입니다. 중국이 어떤 일을 벌일지 모르니 조심하는 것이 좋습니다.]

"알았습니다, 대사님."

전화를 끊은 강찬은 모니터에 올라 있는 양진우의 자료를 노려보았다.

우선 커피를 한 잔 마셔 주고?

주방으로 가서 물을 끓이는 동안, 주문 담당자를 확인하기 위해 쎄실이 전화를 걸어왔다.

정말 간단하게 대답 세 번으로 통화가 끝났다.

강찬이 커피를 들고 책상으로 움직일 때였다. 빌어먹을 전화가 또 울렸다.

오늘은 아침부터 전화로 사람을 잡는다.

"여보세요?"

[강찬 씨, 김형정입니다.]

"아! 팀장님, 좀 어떠세요?"

[덕분에 많이 좋아졌습니다. 괜찮으면 차나 한잔할 수 있을까요?]

"그래요! 어디로 갈까요?"

［전에 만났던 사거리 커피 전문점에서 뵙지요. 괜찮으시면 석 선생도 함께 나오시죠. 제가 인사를 드리고 싶어서요.］

"시간은요?"

［강찬 씨는 언제가 편합니까?］

"팀장님이 편하신 때로 정하세요."

［그럼 11시쯤으로 할까요?］

"그렇게 하죠."

아직 움직이기 어려울 텐데, 자존심이 상해서라도 더 누워 있기 어려운 모양이었다.

강찬은 우선 석강호에게 시간과 장소를 알리고 날카롭게 모니터를 노려보았다.

이상하게 이 개새끼가 자꾸만 뒤로 밀린다.

제6장

누가 더 빠를까?

강찬이 11시에 커피 전문점에 도착했을 때, 김형정은 이미 흡연실 바깥문을 열어 놓고 테라스 쪽에 앉아 있었다.

회색 양복에 셔츠 차림인 그는 아직 온 얼굴에 흉터가 고스란히 남았고, 왼손 검지에 깁스를 한 채였다.

"팀장님!"

"강찬 씨!"

우선 반가웠다. 안쓰럽고 걱정되는 모든 것을 떠나서 우선 반가운 게 가장 먼저 와 닿았다.

"너무 무리하시는 거 아녜요?"

"괜찮습니다. 이걸로 입원해 있긴 좀 그렇지요."

김형정이 깁스를 한 검지를 들어 보였다.

"차는 뭐로 하실래요? 제가 사 올게요."

"석 선생 오시면 같이 드시죠."

그것도 나쁘지 않겠다.

강찬이 자리에 막 앉는 순간에, 마침 석강호가 택시에서 내리더니 두 사람에게 다가왔다.

"뭐 주문했소?"

"아니. 나는 커피 부탁하고."

"석 선생, 내가 이러니까 커피 한 잔 부탁합니다."

"그런 소리 마십쇼."

석강호가 시원시원하게 말을 받고는 주문대로 걸어갔다.

"김태진 그 친구와는 통화했습니다."

"뭐라시던가요?"

"출장 갔다가 좀 다쳤다고 했더니 우선 얼굴 보자고 난리더군요. 오후에는 그 친구를 만날 생각입니다. 우리 일이라는 게 다쳤다고 하면 작전 중 부상을 먼저 떠올리게 돼서 뭐라고 핑계를 대야 할지 아직 고민 중입니다."

강찬이 풀썩 웃을 때 석강호가 커피 3잔을 쟁반에 들고 다가왔다.

"자! 차 드십시다."

쟁반을 탁자에 내려놓은 석강호는 담배를 뽑아 들며 김형정을 보았다.

"그래도 이렇게 뵈니까 살 것 같습니다."

"고맙습니다, 석 선생. 덕분에 이렇게 마주 앉아 차도 마시고 담배도 피웁니다."

"별말씀을."

어색한 감정이 살짝 흘렸는데, 이런 건 하루 이틀 지나면 알아서 녹아 버린다.

"그런데 어떻게 외인부대 특수팀에 합류하게 된 겁니까?"

김형정이 주변을 슬쩍 돌아보며 잔을 들었다.

"여차하면 둘이서 갈 생각까지 했는데, 이 양반이 두 번이나 라노크를 찾아가서 조른 덕분이었습니다. 처음엔 날 쏙 빼놓고 가려고 하다가 덜컥 들켰지 뭡니까?"

석강호가 투덜거리며 한 말에 김형정이 고개를 끄덕였다.

"그럴 것 같았습니다. 원장님이 직접 병원에 오셔서 정보가 새어 나간 것에 대해 사과하면서 강찬 씨가 나서서 움직인 것 같다고 말을 하더군요."

"골 아프게 뭐 이런저런 거 생각하십니까? 그냥 살아 돌아왔으니까 상처 대강 아물면 다 같이 술 한잔하고 터시자구요."

말을 마친 석강호가 애꿎은 얼음을 버적버적 깨물어 먹었다.

강찬은 잠시 고민한 끝에 결정을 내렸다.

"팀장님, 유니콘 프로젝트를 다음 주에 발표한답니다. 우리나라에서 발표할 예정이어서 관련국의 유니콘 담당자와

누가 더 빠를까? • 207

정보국 담당자가 모두 올 예정입니다."

석강호가 얼음을 씹다 말고 주변을 흘끔 둘러보았다.

"아마 내일모레쯤 유럽 쪽에서 먼저 말을 흘릴 예정인가 봅니다. 오늘 오전에 한국 정부도 협조하기로 했습니다."

"후우- 우!"

김형정이 입술을 둥그렇게 만들고 길게 한숨을 내쉬었다.

"정말 이루어지는군요."

"그걸 위해서 이 고생을 하셨던 거잖아요."

"그렇긴 한데 막상 이루어진다고 하니까 그냥 멍하기만 합니다."

"총리님도 실감이 나지 않는다고 하시더군요."

"제가 꼭 그렇습니다."

김형정이 고개를 끄덕이고는 커피를 마셨다.

"업무는 바로 복귀하시나요?"

"누워 있으니까 오히려 더 아픈 것 같아서 내일부터 출근하는 것으로 했습니다."

강찬은 든든한 아군이 돌아온 느낌이었다.

"며칠 사이에 많은 일이 있으셨더군요?"

이왕 말이 나온 거다. 강찬은 양진우의 뒤를 캐다가 우연히 윤봉섭을 만나게 되었고, 조일권에 이르는 과정을 쭉 설명했다.

"지금이라도 가서 죽여 버리고 싶은데 이걸 어떻게 해야 좋을지 고민 중입니다."

 말을 마친 강찬이 담배를 들자, 석강호와 김형정도 담배를 꺼내 들었다.

"그러지 말고 시원하게 목을 비틀어 버립시다. 스미든 그 새끼한테 언제 어떤 여자 집에 오는지 알아보라고 한 다음에 둘이 가서 나오는 걸 으드득해 버리면 끝나는 일 아니요?"

"그건 좋은 방법이 아닙니다."

 석강호의 말을 김형정이 고개를 저으며 받았다.

"강찬 씨에게 형사면책권이 있어서 충분히 가능한 일이지만, 양진우라면 이야기가 다릅니다. 재벌이라서가 아니라 일본과 중국 쪽에 인맥도 상당하고, 스포츠와 관련한 세계적인 인물들과의 교류도 적지 않습니다. 그렇게 해 놓으면 정부에서도 처리하는 데 상당한 부담이 됩니다."

"안 들키면 되는 거 아닙니까?"

 이런 무식한 새끼!

 강찬이 얼굴을 쓸어 대는 동안 김형정은 자상하게 이유까지 설명했다.

"그렇기는 하지만, 만약 범인을 못 잡으면 그 비난을 감당하기 어려워지지요. 반대로 작은 실마리라도 알게 되면 그것도 문제가 되구요. 양진우라면 언론을 누르기도 쉽지 않습니다."

"그흠!"

"그건 저도 고민을 좀 해 보겠습니다. 강찬 씨가 하겠다면 말릴 방법이 없을 테니 최대한 문제가 일어나지 않는 선에서 마무리되도록 해 봐야지요."

김형정은 말끝에 웃음을 달고 강찬을 보았다.

"가시죠. 제가 두 분께 꼭 점심 대접을 하고 싶었습니다."

"점심은 제가 살게요."

강찬이 나섰으나 김형정의 뜻을 꺾지는 못했다.

더운 날이라 간단하게 만두와 냉면을 먹었고, 김형정은 김태진을 만나러 가겠다며 먼저 움직였다.

"잘못하면 오래가겠소."

"그러게."

김형정의 눈에 담긴 슬픔과 좌절이 문제인 거다.

대원들을 많이 잃고 돌아온 지휘관은 다음 전투에 내보내지 않는 것이 좋다. 무리한 공격을 감행하다가 결국 죽는 경우가 허다하기 때문이다.

"넌 이제 어쩔래?"

"학교 가 봐야 하우. 다음 주가 개학이라 서류 처리해야 할 게 제법 있소."

"알았다. 그럼 난 집에 가 있을게. 아무래도 그게 마음이 편하지 싶다."

"혹시 양진우 일로 움직일 거면 나도 꼭 데려가쇼. 지난번처럼 그러기 없어요."

"야! 그날은 그냥 살펴보러 갔다가 그렇게 된 거라니까."
"아후! 양진우 이 양아치 같은 새끼! 개새끼!"

누가 보면 양진우가 석강호의 가족을 노린 줄로 오해할 만한 욕이다. 지리산 사건 이후로 석강호는 가족을 건드리는 일에 굉장한 분노를 표출해 댔다.

"심심하면 학교나 같이 갑시다."
"됐다. 새벽에 충분히 운동했다."
"에이! 학교를 콱 그만두고 유비캅에 들어가 버려?"
"방학이 없어서 싫다면서?"
"그건 그렇수."

석강호가 입맛을 다시며 학교로 향했고, 강찬은 집으로 돌아왔.

편한 옷으로 갈아입고 책상에 앉았는데 당최 양진우를 어떻게 때려잡는 게 좋을지 적당한 방법이 떠오르지 않았다.

'이 새끼를 그냥 죽여 버려?'

그럴 생각도 있다. 쉽지 않은 일이지만 석강호와 둘이 하겠다고 마음먹는다면 그깟 놈 못할 것도 없는 일이다.

"후우!"

강찬은 머리를 쓸어 댔다.

강대경과 유혜숙이 생명을 위협받고 있는데 언제까지 좋은 방법을 찾고 있을 수만은 없는 거다.

'이번 주까지 찾아보고 안 되면 죽여 버린다.'

어차피 저쪽에서 먼저 시작한 싸움이다.

강찬은 컴퓨터를 켜지 않았다. 양진우의 사진을 볼 때마다 엊그제 보았던 유혜숙의 사진이 떠올라서 화를 참기 어려웠다.

집은 다 좋은데 담배 피우기가 지랄이다.

⚜ ⚜ ⚜

수요일이 되자, 보도 전문 채널과 인터넷에서 유라시아 철도 이야기가 보도되기 시작했다.

아직 확정되지 않았지만 거의 확실시된다는 단서를 달고, '세계의 경제 판도를 바꿀 엄청난 사업'이라는 자극적인 제목에 경제적 효과가 어마어마하다는 등의 내용이 담겨 있었다. 덧붙여서 북한이 포함된 것은 거의 확실한데 우리나라가 배제된 것으로 보인다는 보도가 주를 이뤄서, 읽다 보니 강찬도 '이거 정말 우리나라가 빠진 거 아냐?' 할 정도였다.

김태진, 김형정과 오전에 잠시 통화를 했고, 종일 집에서 운동을 하며 시간을 보냈다. 몸 상태는 말할 것도 없고, 감각이 그 어느 때보다 날카롭게 느껴졌다.

샤워를 마치고 방으로 돌아왔을 때, 석강호가 전화했던 기록이 떠 있었다.

강찬은 바로 통화 버튼을 눌렀다.

[여보세요? 나요.]

"전화했더라? 샤워 중이었어."

[프랑스 대사관에서 프랑스 국립대학교 입학 허가서와 장학 증서가 도착했소. 2학기부터는 프랑스 문화관에서 소양 교육을 한다고 수업을 빼 달라는 공문도 함께 왔습디다. 지금 교무실 벌컥 뒤집혔고, 교장이 거품을 물고 언론에 홍보해야 한다고 지랄이오. 개학식 날 전교생 앞에서 전달한다고 급하게 표창장까지 찍고 있소.]

"표창장은 또 뭐냐?"

[뭐 평소에 모범이 되고, 학교의 이름을 빛냈다나 어쩐다나? 그런 내용이요.]

염병! 모범이 어쩌고 이름을 어째?

듣기만 했는데도 등에 지네가 기어가는 느낌이었다.

"야! 월요일에 나 결석할 테니까 알아서 좀 덮어라."

[그럼 화요일까지 기다릴 거요. 언론에 내는 건 프랑스 대사관에 확인해 봐야 한다고 어떻게 하겠지만, 전교생 앞에서 받는 건 피하기 어려울 거요. 오늘 뭐하쇼? 이따가 끝나고 저녁이나 같이 먹읍시다.]

"알았다. 아무튼, 적당히 하자."

[끝나고 전화할게요.]

싸증이 확 났지만, 학교에 안 나가면 그만이다. 어차피 2학기는 그렇게 할 참이었으니까, 뭐.

아무튼, 불편한 학교생활은 끝이다. 대한민국 정부에서 준 제대로 된 신분증도 하나 있고.

강찬은 가슴 한쪽이 시원하게 뚫리는 느낌이었다.

머리의 물기를 다 닦고 수건을 세탁실에 가져다 놓고 왔을 때 전화가 울렸다. 유혜숙이었다.

무슨 일이 있나?

"여보세요?"

[아들! 프랑스 국립대학 입학 허가서 나왔대!]

"그걸 어떻게 아셨어요?"

[알고 있었어? 교장 선생님께서 직접 전화하셨어! 아들을 훌륭하게 키웠다고! 엄마, 지금 어쩔 줄 몰라서 아빠보고 잠깐 와 달라고 했어! 자꾸 눈물이 나! 우리 아들이 너무 자랑스럽고 고마워서, 엄만 이상하게…….]

유혜숙은 울먹이며 말을 잇지 못하고 있었다.

이럴 땐 뭐라고 해야 하나?

그때, 수화기 너머에서 '누군데 전화기를 붙들고 울어?' 하는 강대경의 목소리가 들렸다. 그리고…

[찬이냐?]

"예, 아버지. 어머니 많이 우세요?"

[그런다. 기분 좋아서 그런 거니까 마음 쓰지 마라. 아빠도 얘기 들었다. 축하한다.]

이번에도 대꾸할 말을 찾지 못했다.

[엄마 좀 다독여야 할 것 같으니까 아빠가 나중에 전화하마.]

"예."

빤히 알고 있던 일인데 저렇게 흐느낄 정도로 기쁠 수가 있나?

아무래도 개학식에 나가야 할 것 같은 불길한 예감이 들어서 강찬은 인상을 찌푸리며 책상에 앉았다.

이제 나흘 남았다. 수화기를 들어서 스미든의 번호를 찾아 통화 버튼을 눌렀다.

[여보세요? 스미든입니다.]

한국말 대답이다.

"스미든, 다음 주부터 양진우가 어떤 여자 집이든 방문하겠다는 연락이 있으면 바로 알려 줘."

[다음 주요?]

기껏 프랑스어로 말을 했더니 한국말로 받는다.

"그게 아니라, 다음 주부터 가장 확실한 날 아무 때나 확인되는 대로 알려 달라고."

[알았소.]

이 새끼는 여자랑 있는 게 확실하다. 점잖을 떠는 목소리가 딱 그랬다.

양진우 이 개새끼를 아무래도 일단 죽여 버리는…….

웅웅웅. 웅웅웅. 웅웅웅.

전화가 또 울렸다.

[아들!]

"어머니, 괜찮으세요?"

[응! 갑자기 아들이 6살 때 엄마 안아 주면서 한 얘기들이랑 옛날 생각이 나서 그랬어. 아빠 회사 직원 분들하고, 여기 재단 직원 분들 저녁 사기로 했는데 아들도 나올래?]

무슨 끔찍한 말씀을!

"저는 저녁에 석강호 선생님 만나기로 했어요."

[아! 맞다! 그 선생님께 인사드려야 하는데. 엄마가 정말 감사드린다고, 꼭 한 번 찾아뵙겠다고 전해 드릴래?]

"예."

절대로 그럴 마음은 안 생겼다.

유혜숙과의 통화를 끊은 강찬은 냉정한 표정으로 전화기를 보았다.

이런 여자를 죽이라고 시켰다 이거지?

⚜ ⚜ ⚜

석강호와 둘이 미사리에서 백반을 먹은 다음, 카페로 향했다.

주문한 커피를 마시고, 담배를 하나씩 피웠다.

"이런 거 하나 사면 어떻겠소?"

"뭔 소리야?"

"대장, 여유 좀 있을 거 아니오? 차라리 이런 거 하나 사서 우리 아는 사람들만 오는 카페로 만들고, 저기 뒤쪽 마당에 운동 시설 좀 깔아 놓으면 좋지 않겠소? 우리 둘이 말하기도 편하고, 담배 피울 때 남 눈치 안 봐도 되고."

강찬은 처음으로 카페의 뒤쪽을 둘러보았다. 그러고 보니 그럴 만도 하다.

"저기 반 갈라서 이쪽은 대장 개인 공간, 저쪽은 운동 공간. 그럼 괜찮을 것 같은데?"

"이런 건 얼마나 하냐?"

"내가 한 번 알아보겠수. 학교 안 나올 거니까, 이런 곳에 개인 공간 하나 만드는 것도 나쁘지 않을 거요."

강찬은 고개를 끄덕였다.

"생각해 보자."

"알았소."

커피를 마시고는 양진우에 대해 입을 열었다.

"이번 주까지 살펴보고 여차하면 다음 주에 모가지를 돌려 버릴 생각이다. 그때 같이 움직이자."

"그래요! 안 그래도 그 개새끼가 걸려서 밥이 잘 안 넘어갔는데 생각 잘했소."

저녁에 밥을 두 공기나 처먹은 놈이 할 소린 아니다만, 강찬은 모른 척 넘어갔다.

"스미든한테 전화해 놨으니까 시간 잡히는 대로 바로 갈 거다. 그렇게 알고 있어."

"푸흐흐흐."

석강호가 눈빛을 번들거리며 웃는 것으로 답을 대신했다.

"지난번 몽골 작전 이후로 몸이 깨어난 느낌이우. 달리는 것도 그렇고, 운동도 그렇고. 참! 애들이라 그런지 실력이 정말 무섭게 늡디다. 특히, 호준이 놈하고, 어! 거 은실이, 그 두 녀석은 재능도 있어요."

"됐다."

늘었다고 해 봐야 어설프게 어디 나섰다간 당장 목이 돌아가기 꼭 좋은 실력일 거다.

⚜ ⚜ ⚜

강대경과 유혜숙은 밤 9시쯤 들어왔다.

"아들!"

강찬이 풀썩 웃으며 유혜숙을 안고 등을 다독여 주었다.

"어째 딸이 아빠한테 안긴 것처럼 보인다?"

"이이는!"

강대경의 말에 발끈하면서도 유혜숙은 미소를 달고 있었다.

두 사람이 옷을 갈아입은 다음, 셋은 거실에 앉았다.

"과일 먹어."

배가 부르지만 참외 몇 조각 못 먹을 건 아니어서 강찬은 포크를 들었다.

"참! 유라시아 철도 이야기 들었니?"

"예."

"아깝더라. 네가 가진 공트 주식을 그냥 가지고 있었으면 바로 200억은 됐을 텐데."

"200억이요? 설마 그렇게 되겠어요?"

무슨 셈을 어떻게 하기에 그런 계산이 나올까?

"주식은 바로 곱절로 가서 그럴 수 있지. 더구나 러시아와 프랑스가 주축이니까 프랑스 공트 주식은 더 그럴 거고. 40억이 배로 튀면 80억, 거기서 다시 한 번 배로 튀면 160억이 되는 거지. 일주일도 안 걸릴걸?"

듣고 보니 그런 거 같다.

그렇다면 200억을 주식으로 샀으면 400억에 다음은 800억? 선물은 300억을 산다고 했으니까, 600억에 이어서 1,200억?

2개를 합치면?

강찬은 짧게 숨을 내쉬며 고개를 털었다.

"괜히 엄마 재단 만든다고 해서 손해 봤나 봐."

유혜숙이 미안한 얼굴로 강찬을 보았다. 그런다고 해서 500억을 투자했다는 말은 절대 할 수 없는 거다.

"무슨 말씀이세요? 그렇게 따지면 어떤 돈이든 두울 때마다 마음에 걸리잖아요. 그런 거 따지지 말고 우리 여유 생길 때마다 어려운 사람들 도우면서 살아요. 전 주식 오른 거 하나도 안 부러워요."

속으로 뜨끔했지만, 500억을 투자하지 않았더라도 그렇게 부럽지는 않았을 거다. 그나저나 그럼 석강호하고 스미든은 주식을 가지고 있으니까?

강찬은 속으로 다행이라고 생각했다.

⚜ ⚜ ⚜

[유니콘 프로젝트 한국 포함]
[다음 주 중으로 한국에서 발표]
[대한민국 역사에 한 획을 긋는 중대 사건]

목요일 아침에 세상이 뒤집힌 것처럼 온갖 방송의 하단에 속보가 떴고, 심지어 뉴스 특보가 연속으로 보도되고 있었다.

아침을 먹고 나서 잠깐 TV를 켠 강대경이 믿기지 않는다는 듯한 표정으로 일어설 줄을 몰랐다.

"여보, 출근 안 해?"

"해야지. 그런데 유라시아 철도를 우리나라에 연결하는 것도 대단하지만, 저 발표를 우리나라에서 하는 건 정말 뭐라고 표현해야 할지 모를 일인데? 지금 정부가 저걸 소문 하나 안 내고 해냈다는 게 정말."

"여보!"

"응! 그래. 가야지."

강대경이 아쉬운 얼굴로 일어나서 유혜숙과 함께 현관으로 움직였다.

"다녀오세요."

"그래, 아들."

두 사람이 출근하자 강찬은 잠시 TV 앞에 앉았다.

솔직히 실감하지 못하고 있었는데 방송이 떠드는 것을 보자 엄청난 일이 벌어진 거구나 싶기도 했다.

주가 이야기, 부동산이 급등한다는 이야기, 철도가 연결되면 1인당 GNP와 GDP가 얼마쯤 될 거란 이야기를 떠들고, 외국 회사가 국내에 들어오기 위해 벌써부터 투자 문의가 쇄도한다는 보도가 연신 나왔다.

아직 발표도 안 난 일에 저렇게 들뜰 필요가 있나?

몽골에서 이름조차 남기지 못하고 죽은 대원들을 저들은 전혀 알지 못할 거다. 꽁꽁 묶인 채로 손가락에 기다란 송곳을 꽂아도 이름과 소속을 말하지 않은 대원들의 고통을 저 사람들은 상상조차 못 할 거다.

이걸 막으려던 놈들이 얼마나 야비하게 굴었는지 알고나 있을까?

강찬은 TV를 끄고 책상으로 움직였다.

⚜ ⚜ ⚜

목요일 저녁부터 과열되는 분위기였다.

만나는 사람마다 유라시아 철도 이야기를 했고, 주식 급등부터 부동산 매물이 일제히 사라진다는 보도도 있었다.

사람들 참 빠르기도 하다.

해외에서 개인적으로 들여오는 송금의 규모가 평일의 몇 배가 어쩌고 하는 보도를 보며 강찬은 고개를 저었다.

이런 때 송금하는 사람들은 먹고살 만한 사람들일 거다. 뭘 그렇게 더 벌겠다고 저 난리를 치는 건지.

토요일 오전부터는 그동안 전 국민을 유라시아 철도 전문가로 만들어 버린 보도가 방향을 틀었다. 발표일인 목요일에 참석 예상 인물에 대해 경쟁적으로 보도하기 시작한 거다.

웃기는 건, 라노크를 제외하고 강찬이 아는 사람이 한 명도 없다는 건데 그거야 뭐.

석강호와 점심이나 먹으러 갈까 하는 참에 진동이 울렸다.

"여보세요? 팀장님!"

[강찬 씨, 통화 괜찮은가요?]

그나마 활력을 회복한 음성이었다.

"예. 그런데 어째 많이 지치신 거 같은데요?"

[정보원 전 직원이 비슷할 겁니다. 오늘 점심으로 맛있는 짬뽕 어떻습니까?]

"좋죠! 그렇지 않아도 생각났었는데."

[그럼 오십시오. 석 선생한테도 제가 전화하겠습니다.]

"예!"

강대경과 유혜숙에게 점심을 먹고 오겠다고 하고 집을 나섰다.

20분 만에 도착했고, 바로 5층으로 올라갔다.

딸칵!

입구에 서자 김형정이 먼저 문을 열어 주었다.

"어서 오세요, 강찬 씨. 석 선생도 방금 도착했습니다."

안으로 들어선 강찬은 김형정과 함께 방으로 들어갔다.

"어서 오쇼."

"심심해서 점심이나 먹자고 할까 했더니 잘됐다. 여기 짬뽕 죽여주거든."

김형정이 풀썩 웃은 다음, 짬뽕 세 그릇을 주문했다. 며칠 사이에 얼굴의 상처가 아문 것만큼이나 눈에 담겼던 아픔도 많이 줄었다.

김형정은 몽골의 작전 이야기를 조금씩 풀어놓았다. 예상했던 것보다 빨리 상처를 이겨 낸다는 의미다.

강찬은 적당히 듣기만 했다.

국가정보원이라 그럴까? 삼성동이라 그럴까? 짬뽕이 곧

바로 배달되었다.

"어후! 죽여주네!"

석강호의 감탄사를 열 번쯤 들었을 무렵 식사가 끝났다.

얼음이 든 시원한 음료수를 앞에 두고 담배를 물었는데, 그제야 김형정은 하고 싶었던 말을 꺼냈다.

"유럽 정보국에서 이번 행사에 강찬 씨가 참석하기를 희망한다는 의견을 보내왔습니다."

강찬은 로리암에서 만났던 이들의 얼굴을 떠올렸다.

"그래서 프랑스 대사관 초청 형식으로 강찬 씨를 참석하게 하려고 합니다. 총리님께서 강찬 씨께 부탁한다고 전해 달라셨습니다."

"그렇게 되면 TV에 제가 비칠 수도 있지 않을까요?"

"그렇지는 않을 겁니다. 이번에 참석하는 각국 정보국 담당은 언제나 비공개를 원칙으로 모임을 갖습니다. 강찬 씨는 그분들과 따로 움직일 겁니다."

그렇다면 뭐 나쁠 것 없겠다.

"알겠습니다. 그런데 라노크도 이 사실을 알고 있나요?"

"프랑스 정보 총국에서 넘어온 제안입니다."

분명 라노크가 제안한 일일 거다.

아무렴 어떠냐? 로리암에서 보았던 루드비히나 반트를 만나는 맛에 참석하면 되는 거다.

"이번 행사는 의외로 까다롭습니다. 각국의 정보 담당자들이 모이다 보니 보안이나 경호상의 충돌이 쉽게 정리되지 않습니다."

그럴 수도 있겠다.

이런저런 이야기로 30분쯤 시간을 더 보낸 후에 강찬과 석강호는 밖으로 나왔다.

이대로 헤어지긴 서운하다. 강찬은 어디 가서 차나 한 잔 더 마실까 하는 생각이 들었다.

"일단 다른 곳으로 가자. 괜히 여기서 기웃거리다 마주치면 서로 불편하다."

"그럽시다."

둘이서 대로변으로 나와 택시를 탔을 때였다.

삐리리리이. 삐리리리이. 삐리리리이.

석강호의 전화가 울었다.

"여보세요? 아! 사장님. 예? 지금요? 토요일인데 근무하세요? 아, 그렇지. 잠깐만요."

석강호가 전화기를 내려놓고 강찬을 보았다.

"부동산인데 미사리 쪽에 급매물 하나 나온 거 있다니까, 잠깐 들렀다 갑시다."

그게 촌각을 다투는 일도 아니고?

강찬의 의아한 얼굴에도 석강호는 바로 '지금 갑니다.' 하고 전화를 끊은 다음, 택시 기사에게 테헤란로에 있는 빌딩을 알려 주었다.

"지금 유라시아 철도 발표가 나서 땅값이 미친 거요. 이럴 때 급매물이 나온 거니까 그냥 삽시다. 어차피 은행 빚에 넘어가는 땅인데 예전 시세만 쳐주면 땅 주인도 그나마 덜 서운하다고 오늘이라도 계약하겠다고 했답디다. 우선 가서 보고 결정합시다."

"그럼 난 근처의 커피 전문점에 있을 테니까 올라가서 보고 와. 그런 다음에 필요하면 계약하고 송금해 주면 되잖냐."

바쁜 일은 없지만, 강찬은 굳이 그런 자리에 앉아 있고 싶지는 않았다.

"흠, 그럽시다. 그런데."

석강호는 택시 기사를 흘끔 본 다음, 강찬의 귀에 대고 '땅값이 25억이요.' 했다.

25억? 고작 운동하고 커피 좀 편하게 마시자고?

강찬의 시선을 본 석강호가 고개를 저어 댔다.

"에이! 거기 지금 부르는 게 값이니까 일단 삽시다. 정 안 되면 내가 주식 팔아서라도 돌려드릴게."

쯧!

하긴 또 그렇다. 쓰지도 않을 돈, 통장에 백날 넣어 두면 뭐할 건가?

차라리 2학기에 마음 놓고 운동하고 석강호와 편하게 지낼 수 있는 곳을 준비하는 게 백번 현명한 짓일 거다.

토요일이라 길이 꽤 막혀서 강찬은 그저 창밖을 보았다.

간판이 엄청나게 현란하다고 생각하고 있는데 덜컥 '단 하나의 가치! 서정'이라는 커다란 글씨가 눈에 들어왔다.

맞다! 서정그룹 사옥이 테헤란로에 있었다.

'사람 더럽게 많네.'

어쩐 일인지 건물 앞에 양복을 입은 건장한 체형의 사내들이 가득 서 있었다.

"뭘 그렇게 보슈?"

"저거."

강찬이 턱으로 가리키자 상체를 있는 대로 기울인 석강호가 건물을 올려다보았다.

"어? 저게 여기 있었소?"

"그런가 보다."

강찬의 시선을 따라 석강호가 고개를 이리저리 움직이며 사람들이 모여 선 것을 보았다.

"자살한 여직원 때문에 피켓 시위한다더니 그래서 저런가?"

강찬이 무슨 소리냐는 투로 돌아보자 석강호가 말을 이었다.

"짤막하게 보도 나온 적 있소. 유족은 억울하게 죽은 증거가 있다고 했는데 경찰이 자살로 결론 냈다고 합디다."

"저래서 꿈쩍이나 하겠냐?"

"에휴! 어쩔 거요? 다른 방법이 없으니까 저러는 거 아니겠소?"

말을 하는 동안, 차가 천천히 움직여서 목적지에 도착했다.
"저기 커피점에 들어가 있을 테니까 올라갔다 와라."
"알았소."
강찬은 편하게 앉아 커피를 한 잔 놓고 담배를 피웠다.
석강호는 거의 40분이 지난 후에 돌아왔다.
"어후! 뭔 놈의 건물이 담배를 못 피우게 해?"
놈은 툴툴거리며 강찬의 맞은편에 앉아 담배를 꺼내 물었다.
"계약금 1억 오늘 입금하고 월요일에 은행 대출금 16억 상환한 다음, 3억에서 혹시 나갈지 모를 연체 이자 제하고 잔금 치르기로 했소."
"계좌 번호 가져 왔냐? 카드 있으니까 은행에 가서 바로 입금할게."
"우선 나한테 있는 걸로 보내 줬소. 이게 계약서요."
석강호가 품에서 부동산 상호가 찍힌 봉투를 꺼내 탁자에 올려놓았다.
"야! 20억씩이나 하는 땅을 가 보지도 않고 덜컥 사도 되겠냐?"
"어허! 은행에서 16억을 빌려 줄 정도의 땅이오. 그리고 요즘은 인터넷에 위성사진까지 쫙 떠서 속일 수도 없으니까, 그건 걱정하지 마쇼. 다음 주에 3차 경매라 5억이나 깎은 거요. 이런 땅 찾기 쉽지 않아요."

어째 불안했지만, 석강호가 워낙 자신 있어 하는 터라 그러려니 하고 넘어갔다.

"그나저나 월요일엔 학교 꼭 나오쇼."

"안 가. 거, 애들 보는 앞에서 무슨 망신이냐? 쓸데없는 소리 하지 말고 나 못 가니까 그렇게 알아."

"그러지 말고 월요일만 나와요. 그래야 서울대학교 건은 집으로 슬쩍 보내 주지요. 나중에 그 일까지 터지면 영 피곤해져요. 졸업식이구나 생각하고 하루 나왔다 갑시다."

이 새끼가 왜 이러지?

"너 뭐 있지?"

"내가 담당 선생 아니오? 그냥 나 한 번 도와주는 거라 생각하고 나오쇼."

강찬은 웃음이 풀썩 나오고 말았다.

"정말 표창장도 준다던?"

"이미 다 찍어 놓고 왔소."

"팔 부러트린 거 말고는 생각나는 것도 없는데, 정말 모범이 어쩌고 하는 상을 나보고 받으라고?"

석강호가 '푸흐흐.' 하고 웃다가 얼른 코를 닦았다.

"하여간 나오는 거요. 하루라니까 그래요. 교장실에서 표창하는 거, 방송하기로 했소. 그것까지만 합시다."

둘이서 풀썩 웃는 것으로 이야기는 끝났다.

"어디 가서 간단하게 햄버거나 하나 먹읍시다."

"짬뽕 먹은 지 2시간도 안 됐다."
"그런 게 어뎠소? 배고프면 먹는 거지."
이 새끼, 구충제 사 먹이는 걸 깜박 잊었다.
석강호와 저녁까지 먹고 집에 들어온 강찬은 늦은 시간에 강대경, 유혜숙과 함께 영화를 보며 닭을 시켜 먹었다.
가족끼리 이런 시간은 정말 좋다.

⚜   ⚜   ⚜

일요일 아침이다.
"아들! 아침 먹자!"
강대경과 유혜숙은 점심 지나서 마트에 다녀온다는 것 빼고는 종일 집에 있을 거라고 했다.
국가정보원 요원들이 떼로 지키는 터라, 마트 정도는 그다지 크게 염려하지 않아도 될 일이다.
다행히 두 사람 모두 새로 출근한 직원들에 대해 만족한 느낌이어서 큰 걱정도 없었다.
식사 후에 방에 들어와 컴퓨터를 켜고 이런저런 검색을 하다가 어제 건물 앞에서 본 장면이 떠올랐다.
그런데 검색어를 바꿔 가며 아무리 찾아봐도 전에 보았던 '이모 씨 자살'과 평소 우울증을 앓고 있었다는 내용 외에 석강호가 말한 피켓 시위에 관한 기사는 없었다.

"뭐야? 이 새끼가 작업한 건가?"

하기야 용인의 국도변에서 칼질해 댄 것도 감췄는데 재벌 양진우가 그깟 직원 자살 기사 하나 못 막을까?

오후에는 세 식구가 마트에 다녀왔다.

일상이 주는 행복함이라니.

몸뚱이야 고등어지만, 정신 연령이 있다 보니 결혼을 좀 일찍 해도 나쁘지 않을 거란 생각도 했다.

누구랑? 아직 졸업도 안 한 김미영?

강찬이 혼자 피식 웃으며 고개를 저었다.

적어도 대학 졸업할 때까지는 기다려 주기로 했었다.

점심은 밖에서 간단하게 먹고, 집에 돌아오고 나서 강찬은 기회를 엿보다가 아무렇지도 않은 척, 수요일 일정에 대해 이야기를 꺼냈다.

"프랑스 대사 분 있잖아요. 그 라노크라는 분."

"응. 그분이 왜, 아들?"

유혜숙이 쟁반에 대고 참외 껍질을 깎은 다음 접시에 가지런히 잘라 놓았다.

"이번에 방문하는 분들 중에 소개시켜 주고 싶은 사람 있다고, 발표회장에 프랑스어 통역으로 참석하면 어떻겠냐고 하더라구요."

"그래?"

유혜숙이 놀란 얼굴로 강대경을 먼저 보았다.

"그런 거야 좋지. 네 생각은 어떠냐?"

"괜찮으시면 참석해 보고 싶어요. 그런 행사가 어떻게 진행되는지도 알고 싶구요."

"좋은 경험이 되겠다."

답을 하면서 강대경이 걱정스러운 눈빛을 보냈다. 부담스러운 자리가 되지 않겠냐는 의미로 보였다.

"참! 아들, 프랑스 국립대학 합격증은 내일 받는 거지?"

"예. 내일 학교 가서 받고 모레부터는 프랑스 문화원에 나가게 될 것 같아요."

"그래도 괜찮을까?"

"봐서 서울대학교 특례 입학 허가서 나오면 그때 결정하죠. 어느 쪽이 좋을지 아직은 잘 모르겠어요."

유혜숙은 또 눈물이 왈칵 솟구친 모양이었다.

"왜 또 그러세요?"

"아들 병원에 있을 때 생각나서 그래. 아빠 말씀대로 대학은 잊었다 하고 마음먹었었는데, 이렇게 남들이 모두 부러워하는 대학에 들어가 준 게 고마워서."

대꾸할 말이 없어서 참외를 내려다볼 때였다.

웅웅웅. 웅웅웅. 웅웅웅.

전화가 울렸다.

"얼른 가서 받아."

강대경이 눈짓을 해서 강찬은 방으로 들어왔다.

"여보세요?"

[나요. 특별한 일 없으면 어제 계약한 땅 보러 갑시다.]

나쁘지 않은 생각이다.

곧바로 적당한 핑계를 대고 나왔을 때 석강호는 이미 차에서 기다리고 있었다.

강찬은 바로 조수석에 올랐다.

"너는 집에서 뭐라고 안 하냐?"

"뭘요?"

"하루쯤은 식구들이랑 가평이라도 다녀오지그래?"

"말도 마쇼. 딸애 공부하는 데 방해된다고 나가 줬으면 하는 눈치요."

"집에서 얼마나 발광을 떨기에 그런 소리가 나와?"

강찬의 시선에 석강호가 고개를 절레절레 저었다.

"전에는 학원이니 과외니 선생 월급 가지고 엄두가 안 나서 못 시켰잖소. 이번에 아파트로 옮기고도 돈이 좀 있으니까 둘이 아주 신났소."

"딸이 싫어하지 않아?"

"이상한 계집애가 공부하는 걸 좋아하우. 다른 애들보다 뒤처지는 걸 못 견디기도 하고."

"딸보고 계집애는 또 뭐냐? 그리고 공부 열심히 하면 좋지 뭘 그래?"

석강호가 픽 하고 웃었다.

"머리가 나쁜 거요. 학원 보내, 과외 시켜, 밤에 잠 줄여 가면서 그 공부를 하는데 반에서 겨우 5등 합디다."
"그 정도는 훌륭하구만!"
"돈이 얼마가 드는데 그러쇼? 그 돈 모았다가 차라리 유학을 보내고 말지. TV만 켜도 둘이서 눈에 불을 켜고 노려보는데, 원!"

석강호가 못마땅한 얼굴로 계속 투덜거려서, 화제를 돌릴 필요가 있었다.

"아! 인터넷에 찾아봤더니 피켓 시위 기사가 아예 없던데? 넌 그거 어디서 봤냐?"
"그걸 어디서 봤더라? 이따가 내가 찾아보고 전화하겠소."

꼭 그 기사를 봐서 뭐하겠나. 화제를 돌리는 것으로 충분히 만족한다.

석강호와 함께 도착한 곳은 자리가 제법 좋았다. 강도 보이고, 도로에서 멀지 않고.

그런데 짓다 만 건물이 흉물스럽게 서 있고, 거기에 '유치권 행사 중'이라는 빨간 글씨가 하얀 천에 적혀서 세 곳이나 붙어 있었다.

"이게 뭐지?"

석강호의 놀란 소리처럼 뜻밖의 상황이 벌어지고 있는 거다.

석강호는 바로 전화를 꺼내 번호를 눌렀다.

"여보쇼! 나 어제 미사리 땅 계약한 석강호요. 예. 그런데 여기 와 보니까 유치권 행사 중이라는데 이건 뭐요?"

강찬이 적당한 곳에 걸터앉아서 담배를 피우는 동안 석강호의 음성이 점점 커졌다.

어쩐지 자신만만해하더라니.

"그런 말을 언제 했어!"

석강호가 버럭 소리를 지른 직후에 건물 너머에서 덩치가 좋은 사내 둘이 비적거리며 다가왔다.

강찬이 고개를 젖혀 보니, 작은 컨테이너 막사가 안쪽에 숨은 것처럼 놓여 있었다.

가지가지 한다.

"어떻게 오셨소?"

대가리가 강찬의 2배쯤 되는 놈이 강찬과 석강호를 번갈아 보며 쇳소리 섞인 목소리로 물었다.

"어제 이 땅 계약했다더니 혹시 그분들이요?"

"알았소! 여기 말씀하신 분들 나왔으니까 내가 얘기해 보고 전화하겠소!"

석강호가 전화를 끊고 대가리 큰 놈을 보았다.

"내가 어제 이 땅 계약했는데 유치권은 몰랐거든요. 이게 어떻게 된 거요?"

놈이 바닥에 침을 찍 뱉는 것을 본 강찬이 피식 웃자, 뒤에 있던 놈이 불편한 시선으로 꼬나보았다.

"아무튼, 좋은 땅 사신 거요. 지주가 이거 짓다가 주저앉는 바람에 건축비를 못 받아서 이러는 거니까, 그것만 주면 내일이라도 깨끗하게 비워 드립니다."

"그게 얼마요?"

석강호의 질문에 놈이 비릿한 웃음과 함께 입을 열었다.

"딱 20억입니다."

강찬은 풀썩 웃음을 터트렸다.

25억짜리 땅을 5억을 깎았다고 좋아하더니, 치고받으면 15억 덤터기를 쓰게 생긴 거다.

"가자."

강찬은 몸을 일으켰다.

이건 그냥 멍청해서 당한 거다. 땅을 사면서 현장 한 번 안 보고 덜컥 계약한 게 잘못이고, 유라시아 철도 때문에 땅값이 무조건 오를 거라고 기대한 잘못도 있다.

1억이면 싸게 먹혔다.

"가! 내가 내일 1억 보내 줄 테니까 다음부턴 좀 꼼꼼히 챙겨."

강찬은 엉덩이를 털며 자동차로 걸었다.

"이 개새끼들이 사람을 완전 병신 취급한 거네!"

"욕심 부리다 그런 거잖냐. 너도 유라시아 철도 연결되면 몇 배는 오를 거라고 기대했을 거 아냐? 이렇게 털고 넘어가. 대신 가지고 있던 공트 주식 무지하게 오르더라. 열흘

만 있으면 네가 가진 주식 가격만 150억에서 200억 간다던데, 이참에 좋은 교훈 얻었다고 생각해."

두 놈이 멍한 얼굴로 이쪽을 보고 있었다. 계약금이 아까워서라도 매달릴 줄 알았던 모양이다.

늘 가던 카페에 앉아 커피를 마시며 담배를 피우는 동안, 석강호는 몇 번이나 눈빛을 번들거리며 화를 냈다.

"그만해라. 우리가 멍청해서 당했다고 주먹질을 해 대면 깡패랑 다를 게 뭐 있냐? 그렇다고 이걸 재판을 할래? 아니면 사기로 고소를 하겠냐? 여기까지만 해."

석강호의 심정을 이해 못하는 건 아니다. 그리고 1억이 얼마나 큰돈인지도 안다. 하지만 끝내기로 했으면 이 정도에서 마무리 짓는 것도 중요하다.

"참! 지난번에 500억 말한 거 증권 계좌로 들어왔거든. 조만간 찾아서 좀 보내 줄게."

"그걸 왜 나한테 보내요? 거기에다 나도 따로 받은 거 있잖소."

"거봐라. 너나 나나 언제 돈 욕심 낸 적 있었냐? 이번에 공연히 욕심 부리다 손해 본 거니까, 다신 이러지 말자 하고 그냥 털어. 아무튼, 돈은 좀 보내 줄 테니까 그렇게 알고."

"그게 아니라."

"다예."

강찬이 짧게 부른 소리에 석강호가 움찔했다.

"그만하자. 우리가 욕심 부리다 그런 거라고 몇 번을 말해야 알아들어? 저 새끼들이 얍삽한 짓을 하긴 했지만, 그렇더라도 어떻게 할 방법이 없잖냐. 그러니까 여기까지만 해."

"알았소. 미안하우."

강찬이 피식 웃으며 커피를 마실 때 석강호가 '어휴!' 하면서 숨을 털어 냈다.

이놈은 이제야 미련을 버린 거다.

"개새끼들, 눈 깜짝할 사이에 1억을 챙겨 가네."

"그나마 어제가 토요일이라 계약금 1억만 보낸 게 다행이지, 평일이어서 덜컥 은행 빚 갚고 잔금까지 치렀으면 어쩔 뻔했냐?"

"그건 그렇소."

"그래. 우린 아직 운이 남은 거야. 이제부터 조심하자."

"알았소."

일요일이 그렇게 흘러갔다.

제7장

죽거나 죽이거나

개학 날이다.

일찍 나가는 학교도 그렇지만, 교문 앞을 가득 메운 학생들과 훈육봉을 들고 날카로운 눈빛으로 학생들을 보는 석강호까지 모든 게 낯선 느낌이었다.

함께 등교한 김미영은 오늘 강찬이 입학 허가서를 받는다는 걸 모르는 눈치였다.

"나, 운동부 들렀다 갈 테니까 먼저 올라가 있어."

"응! 우리 이따 영화 보자. 개학 날이라 시간이 좀 있거든."

"글쎄, 집에 먼저 갔다가 움직여야 할 것 같은데? 봐서 그렇게 하자."

"그래!"

김미영을 보낸 강찬은 운동부실로 향했다.

덜컹.

"안녕하세요!"

운동부실은 아이들로 빽빽하게 차 있었다.

"뭐야? 너희는 왜 교실에 안 올라가?"

"오늘부터 왕따나 삥, 그리고 빵셔틀 없애기 위해 아침 모임 가진 거야."

허은실이 안쪽에서 답을 했다.

화장도 지웠고, 무엇보다 눈빛이 달라졌다. 그러고 보니 이호준, 조세호, 차소연은 말할 것도 없고, 문기진까지 눈빛이 제법 살아 있었다.

"운동부라고 너희가 일진 대신 설치면 안 돼."

"예! 선배님."

"어렵고 힘든 애들을 도와주는 건 오케이. 대신 엉뚱한 애들 붙잡고 떼로 달려들어서 공포 분위기 조성하는 건 노케이야! 알았지?"

"조심할게요, 선배님."

이 정도면 됐다.

그런데 이것들이 언제 이렇게 눈빛이 바뀐 거지?

강찬은 피식 웃고는 빈자리에 앉아 아이들이 의논하는 것을 듣고 있었다.

석강호가 덜컹 소리와 함께 고개를 디밀고 '이제 교실로 들어가.'라고 말하자, 아이들이 모조리 교실로 향했다.

"갑시다."

딱 잡혀 가는 분위기였지만, 강찬은 어쩔 수 없이 석강호를 따라 교장실로 향했다.

문은 활짝 열려 있었다.

교실에 시상 장면을 방송할 카메라가 있었고, 조명도 켜진 채였다.

"교장 선생님, 3학년 강찬 데리고 왔습니다."

"오!"

교장이 만면에 웃음을 띤 채로 강찬의 어깨를 다독였다.

잠시 어수선한 시간이 지나자, 교무실 직원 한 명이 손짓을 했다.

"아! 아! 지금부터 2010학년도 2학기 개학식을 시작하겠습니다."

건물 전체에서 커다란 목소리가 굵직하게 울려 나왔다.

교장의 연설이 끝나고, 합격증과 장학 증서, 표창장을 증정하는 시간이다.

"3학년 강찬 학생이 프랑스 국립대학교 전액 장학생으로 선발되었기에 입학 허가서와 장학 증서, 그리고 표창장을 수여하겠습니다."

말이 끝나기 무섭게 건물 전체에서 '우와아!' 하는 탄성이 터져 나왔다.

시상식은 그렇게 끝났다.

"선배님! 축하드려요!"

운동부실로 돌아오자 아이들이 날듯이 달려왔고, 그중에는 김미영도 있었다. 걱정이 가득한 얼굴이어서 강찬은 풀썩 웃었다.

"어떻게 된 거야? 몰랐어!"

"급하게 연락 온 거야. 우선 집에 가서 이거 전해 드리고 다시 올까 하는데, 넌 어떻게 할래?"

"같이 가도 돼?"

"그럼. 차소연, 선생님께 말씀 좀 드려 주라. 그리고 내가 집에 갔다 와서 점심 살 테니까 같이 먹자."

오늘이 마지막이라고 생각되자 밥 한 끼는 같이 먹고 싶었다. 말을 전한 강찬은 김미영과 함께 집으로 향했다.

"정말 프랑스 가는 거 아니지?"

"그렇다니까!"

"혼자 가면 안 돼!"

"가게 되면 너 준비 다 됐을 때 같이 가기로 했잖아."

"응! 대신 군대 가면 내가 매일 편지 쓰고 매주 면회 갈게."

멀리도 나간다.

강찬은 김미영과 모처럼 걸어서 아파트에 도착했다.

"그러지 말고 같이 올라갔다 오자."

"나두?"

"그래. 이것만 전해 드리고 바로 올 건데, 뭘."

김미영은 쭈뼛거리면서도 강찬을 따라 엘리베이터에 올랐다.

때앵.

7층에 도착해서 현관문을 열었을 때, 유혜숙이 요란하게 달려오다가 김미영을 보고 멈칫했다.

"미영이요. 상 받은 기념으로 학교에서 점심 사기로 했는데 혼자 움직이기 뭐해서 같이 왔어요."

"안녕하세요?"

"들어와. 잠깐 들어왔다가 가."

강대경까지 손짓을 해서 넷이서 식탁에 앉았다.

"어머니, 이거."

강찬이 강대경의 눈짓을 보고 유혜숙에게 합격증과 증서, 표창장을 내밀었다. 이번에도 눈물이 왈칵 올라왔는데 그나마 김미영이 있어서 좀 덜할 수 있었다.

간단하게 차 한 잔 마시는 동안 강찬은 옷을 갈아입었다.

교복은 이제 안녕이다.

강대경이 출근하는 길에 태워다 주겠다고 해서 넷이 지하 주차장으로 향했다.

가는 내내 유혜숙의 전화기가 잠시도 쉴 틈이 없었.

아줌마들이 어떻게 합격 증서 받은 걸 알 수 있지?

"점심 맛있게 먹고. 아, 참! 아들, 용돈 있어?"

"아직은 여유 있어요. 저녁에 전화드릴게요."

손을 흔들고 교문에 들어선 강찬은 운동장을 달리고 있는 아이들을 보았다.

'어쭈?'

석강호 말마따나 제법 틀이 잡혔다.

저렇게 한 1년 이상만 꾸준히 연습하면 제 몫은 충분히 할 것처럼 보였다.

"점심 먹고 영화 볼 수 있어?"

"그 정도까지 시간이 돼?"

"학원은 정상 수업에 맞춰졌는데 오늘 수업이 없으니까 5시까지만 돌아오면 돼."

"그래."

영화 한 편 보는 거야, 뭐.

공부에 지친 김미영을 위로해 주고 싶던 참이다.

관중석에 앉아 있는데 석강호가 히죽거리며 걸어오다가 김미영을 발견하고 근엄한 표정을 지었다.

"점심 먹자. 선생님이 사마!"

그는 하얀 봉투를 꺼내 손바닥에 탁탁 때렸다.

"푸흐흐흐흐, 담당 교사도 금일봉을 주시네. 오늘은 고기 먹자, 고기."

이 새끼는 근엄한 척을 하지 말던가? 기껏 표정을 바꿔서 저게 뭐하는 짓이냐?

적당히 운동을 끝내고 아이들과 고깃집으로 향했다.

"선배님, 그럼 프랑스 문화원은 언제부터 가는 거예요?"

"내일."

"어? 그럼 내일부터 학교에 안 나와요?"

"그렇지."

아이들은 부럽고 서운한 표정을 지었는데, 그러면서도 고기를 잔뜩 먹었다.

학교 앞에서 아이들과 헤어진 강찬은 김미영과 함께 극장으로 향해서 처음으로 영화를 함께 봤다. 로맨틱 코미디였는데 그다지 재미있지는 않았다.

영화가 끝나자 팥빙수 먹고, 공부하느라 얼굴 너무 상하지 말라는 당부를 한 후에 헤어졌다.

강찬은 집에 들어가기 전에 석강호에게 전화를 걸었다.

[어디요?]

"여기? 청담동 극장. 넌 어디냐?"

[학교에서 막 나왔소. 차나 한잔합시다.]

"그러자."

강찬은 자주 보던 사거리의 커피 전문점에서 석강호를 만났다.

"뭐했소?"

"영화 봤다."

"재미있습디까? 그럼 나도 마누라랑 한 번 가게요."

"나라면 안 갈 거 같다. 병신 같은 새끼가 자꾸 여자 때문에 휘청대다가 나중에 질질 짜는데, 여자애가 그걸 보고 또 사랑에 빠지더라."

강찬은 고개를 절레절레 저었다.

"아! 부동산에서 전화 왔었소. 목요일이 경매 날인데 원하면 유치권 가격을 좀 깎아 주겠다고 하던데요?"

"잊어버려. 그 새끼들, 그런 식으로 또 엮이면 그만큼 피곤해진다."

석강호는 아무래도 미련이 남는지 입맛을 다셨는데, 그렇다고 다른 마음을 가질 일은 없다.

"스미든한테서는 연락 없소?"

"없다. 어차피 독하게 마음먹은 거, 느긋하게 생각하자."

"그렇긴 하우."

"들어가자."

"그럽시다."

석강호와 함께 돌아온 강찬은 기분 좋게 월요일을 마무리했다.

⚜　　⚜　　⚜

화요일.

강대경과 유혜숙이 출근한 후에 라노크에게서 전화가 왔

다. 점심시간 지나서 호텔에서 보자는 이야기였다.

입학 허가서 고맙다는 말도 하고 수요일과 목요일 일정을 의논할 겸 해서 만나고 싶었던 참이다.

약속은 오후 2시였다.

강찬은 점심으로 샌드위치나 먹을까 해서 조금 일찍 호텔로 나갔다. 오후 1시에 로비 라운지에 앉아서 커피와 샌드위치를 주문하고 있자니 주철범이 귀신처럼 나타났다.

"점심을 여기서 드십니까?"

"응. 2시 약속이라 그래. 지난번처럼 방을 쓸 거니까 준비 좀 해 주라."

"알겠습니다, 형님."

주철범이 프런트로 가고 나서 강찬은 여유 있게 샌드위치를 다 먹었다. 커피를 마시면서 주변을 둘러보았는데 이지연은 보이지 않았다.

"여기 키 가져왔습니다."

주철범이 카드 키를 가져왔다. 고맙다는 말을 하고 키를 받았을 때는 오후 1시 40분쯤 되었다.

15분쯤 지나자 라노크가 호텔에 도착했고, 둘이 방으로 올라갔다.

입학 허가서 고맙다는 인사가 끝난 다음이다.

편안히 앉아 차를 마시며 담배를 피우는데 라노크가 뜻밖의 말을 꺼내 들었다.

죽거나 죽이거나 • 249

"강찬 씨, 내일 행사장에 나오면 루이가 권총을 전해 드릴 겁니다."

"권총을요?"

"정보국 담당자는 각자 알아서 경호하기로 했고, 나와 친구들은 경호 책임자로 강찬 씨를 지정할 예정입니다. 로리암에서 보았던 5명 모두 동의한 내용입니다."

왜 이래야 하는 거지? 강찬은 쉬 납득하지 못했다.

"대사님, 한국에서 발표회를 하는 건 한국 정부에 경호와 행사 진행을 맡긴다는 말씀으로 아는데, 별도로 경호를 합니까?"

"공식 일정은 그렇습니다. 하지만 정보국 담당자들의 모임은 그리 만만한 일이 아닙니다. 그래서 나와 친구들이 강찬 씨에게 경호 책임을 부탁하려는 것입니다."

"요원들의 자존심도 생각하셔야 합니다."

라노크가 고개를 끄덕이며 방 안쪽을 흘깃 보았다.

"루이가 강찬 씨를 추천했습니다. 나만 경호하는 것이라면 모르지만, 다른 정보국 요원까지 관리하는 데는 강찬 씨만 한 분이 없다고 하더군요."

강찬은 작게 한숨을 내쉬었다.

1박 2일, 반가운 얼굴이나 볼까 했더니 덜컥 일이 떨어진 거다. 그것도 엄청난 부담이 생기는 일이.

"나와 로리암에서 보았던 5명이 요원의 통제권을 강찬 씨에게 맡기면 러시아와 다른 나라 정보국 담당자들도 따를 수밖에 없는 분위기가 됩니다. 물론 강찬 씨가 나와 한국 정부가 만든 요원이라고 소문났지만, 그래도 한국의 요원이 전체 통제권을 쥐는 게 서로 좋습니다."

강찬은 입맛이 썼다.

요원들을 통제하는 일은 전투와 전혀 다를 거다. 거기에 외곽 경호와 근접 경호를 안 해 본 것은 아니지만, 전문적인 경호는 확실히 다르다.

"행사는 국제빌딩과 국제호텔에서 있을 예정입니다. 수요일 오전에 정확한 일정이 나오니까 그걸 참조하시면 됩니다."

라노크는 아예 일이 확정된 것처럼 말을 하고 있었다.

"외곽 경호는 한국 606과 35여단에서 하고, 국가정보원에서 총괄, 대통령 경호실에서 내부 경호를 하는 것으로 들었습니다. 아, 물론 공식적인 회의를 말하는 것이고 비공식 회의는 외곽을 제외한 그 어떤 경호도 거부합니다. 이것이 정보 담당관 회의의 특징입니다."

강찬은 풀썩 웃고 말았다.

이 구렁이가 사람을 그냥 부를 리 없을 거고, 자신을 앞세워 무언가 계산한 것이 있겠구나 싶었다.

"맡아 주시겠습니까?"

이렇게 신지하게 말하는데 당장 거절하기는 어렵다.

"그렇게 하겠습니다, 대사님. 그런데 이런 일을 하루 전날 말씀하신 데 다른 뜻이 있습니까?"

라노크가 의외란 듯한 웃음을 지었다. 뭔가 말하지 않은 것이 있는 거다.

"어쩌면 정보국 담당자 한 명이 망명할지 모릅니다. 그럴 경우, 최악의 상황은 총격전이 벌어지는 것입니다. 대통령 경호실과 한국 국가정보원에 상황을 설명하고 바로 이해시킬 수 있는 사람이 필요해졌고, 그 사람이 당연히 강찬 씨였습니다."

봐라. 앞에서 좋은 말 했던 것과는 달리 분명하게 숨은 일이 있는 거다.

"이걸 국가정보원에 얘기해도 됩니까?"

"절대 안 됩니다, 강찬 씨."

라노크가 단호하게 고개를 저었다.

"만약 한국 정부가 이런 일에 대비하는 흔적이 남는다면 당사자는 무조건 제거됩니다. 정보국은 원래 그렇게 살아남는 겁니다. 더구나 망명이 없을 수도 있습니다. 그러니 이 일은 강찬 씨만 아는 것이 좋습니다."

젠장! 숨은 이야기가 뭔지 묻지 말걸.

"내일 오전 10시에 대사관으로 와서 나와 함께 움직이면 됩니다. 양복부터 장비까지 모두 준비해 놓았으니 따로 준비할 건 없을 겁니다."

"알겠습니다, 대사님. 그럼 일정표도 그때 나오는 거겠네요."

"그럴 겁니다."

이왕 도와주는 거다.

사실 라노크에게 바라는 것도 있어서 이번 일은 제대로 돕기로 했다.

"우양전우는 어떻게 할 예정입니까?"

그런데 강찬의 속을 읽기라도 한 것처럼 라노크가 질문을 던졌다.

"이번 달까지 기다렸다가 기회를 못 잡으면 정보총국의 도움을 받을까 했습니다. 위성으로 놈의 위치를 파악해서 외박할 때를 노려볼까 하구요."

"그 정도라면 충분히 협조가 가능할 겁니다."

정보총국은 원래 암살도 서슴지 않는다. 그런 일에 익숙한 라노크는 강찬의 의도를 알면서도 전혀 거리낌이 없었다.

"두고두고 한국에 짐이 될 위인입니다. 이번에 유라시아 철도 발표가 있고 나서도 어떤 짓을 할지 모를 사람이라, 이번 기회에 제거하는 것도 나쁘지 않습니다."

말을 마치고 찻잔을 들던 라노크가 생각난 것이 있는지 강찬을 바라보았다.

"우양전우는 변태 성욕자입니다. 소아성애를 가지고 있어서 그 욕구를 못 채우면 대신 아주 어리게 생긴 여직원을 겁탈하곤 했습니다. 욕구가 생겼는데 해소하지 못하면 극단적인 성향을 보일 때가 많았습니다. 참고하시는 게 좋습니다."

"양진우를 그렇게까지 조사하나요?"

"강찬 씨, 우리가 상대하는 130여 개국의 상위 0.1퍼센트는 거의 조사를 해 둡니다. 특히나 우양전우는 아프리카나 동남아시아를 주기적으로 나가며 변태 성욕을 채웠기 때문에 본국에서도 확실히 기억하는 인물입니다."

개새끼가 나라 망신은 제대로 시키고 다닌다.

"몽골 작전과 유니콘 프로젝트 발표로 우양전우는 입지를 잃을 수 있습니다. 그런 위험인물을 지켜보기만 하는 것은 현명한 일이 아닙니다. 그래서 나는 강찬 씨의 계획을 지지합니다."

입맛이 썼지만, 아무튼 유혜숙 때문에라도 목을 비틀어 버릴 참이다.

"대사님, 궁금한 게 한 가지 있습니다."

"얼마든지요. 라노크는 친구에게 비밀이 없습니다."

프랑스어를 인터넷에서 배웠다는 것만큼이나 신뢰가 안 가는 말이다만, 강찬은 그냥 궁금한 것을 묻기로 했다.

"유라시아 철도 발표를 굳이 우리나라에서 하시는 다른 이유가 있나요?"

자신을 위해서, 대한민국 정부의 입장을 세워 주기 위해, 이런 소리를 또 하지는 않을 거다.

"흐음, 그 점에는 두 가지 이유가 있습니다. 하나는 중국과 일본, 그리고 북한에 확실한 경고 메시지를 보내는 것이고, 다른 하나는 미국과 영국의 움직임을 파악하려는 것입니다."

"미국과 영국이요?"

"전에 말씀드렸었습니다. 블랙헤드를 영국이 왜 찾는지, 샤흐란이 그것과 어떤 연관이 있기에 아직 희망을 버리지 않는지를 알아내고자 합니다. 게다가 미국은 입을 꼭 다문 채로 영국을 주시하고, 별도의 라인으로 블랙헤드를 찾고 있습니다. 뭘까요? 강찬 씨."

"뭐가 말입니까?"

"영국과 미국이 프랑스와 러시아에 지금까지의 경제권과 세계적 역할을 빼앗기게 생겼음에도 고작 다이아몬드를 찾기 위해 악착스럽게 버티는 이유가 과연 뭐라고 생각합니까?"

알면 이러고 있겠나.

"글쎄요?"

강찬은 짐작도 하기 어려운 일이다.

"열쇠는 강찬 씨에게 있을 겁니다. 사람이 죽었다가 다른 사람의 몸으로 태어난다는 것을 믿으면 말입니다. 미국과 영국은 그 점을 고려하지 못하고 있는 것입니다. 사실 저도 그 점을 납득하는 데 상당한 시간이 걸렸으니까요."

괜히 쓸데없는 질문을 해서 머리만 복잡해졌다. 강찬은

내일 일정만 생각하기로 했다.

"유라시아 철도 발표가 있고 나면 영국과 미국의 움직임이 본격적으로 시작될 것입니다."

무슨 국제적인 인물이라고 미국과 영국까지 신경 쓰며 살겠나.

강찬은 복잡했던 생각을 털어 내기 위해 차를 마셨다.

"강찬 씨는 프랑스로 귀화할 생각이 정말 없습니까?"

오늘 라노크는 생각 못했던 말을 참 많이 한다.

"한국은 강찬 씨와 같은 능력을 가진 분이 있기에는 갑갑한 곳입니다."

"외인부대에 가란 말씀이세요?"

"그럴 리가요."

라노크가 재미있다는 투로 웃었다.

"좀 더 활동적인 일을 해 보는 게 좋겠다고 말씀드린 것입니다. 솔직히 강찬 씨를 정보총국의 실력자로 만들고 싶은 욕심은 있습니다."

강찬은 풀썩 웃으며 고개를 저었다. 언제 총알이 날아들지 모를 긴장 속에서 살고 싶지는 않다.

"강찬 씨가 조금만 더 야망이나 욕심이 있는 사람이면 어땠을까 싶습니다."

"그렇다면 대사님께서 친구로 인정해 주시지 않으셨겠죠."

"그럴까요?"

둘이서 비슷한 느낌으로 웃고 자리에서 일어섰다.

"내일 10시에 찾아뵙겠습니다."

"차를 보낼 겁니다. 아파트 앞으로 9시 10분까지 나오면 됩니다."

"그냥 택시로 가죠."

"강찬 씨가 이 일에서 차지하는 비중이 작지 않습니다. 그 정도 예우는 당연한 일입니다."

라노크의 두 번에 걸친 권유에 강찬은 더 사양하지 못했다.

방을 나와서 라노크를 지하 주차장에서 배웅했다. 발표를 코앞에 두고 조심하기 위해 호텔에서조차 도착과 출발을 다른 곳에서 하는 거다.

괜한 일을 맡은 건가?

인상을 찌푸려 봐야 이미 결정한 일을 어쩌겠나.

강찬은 택시를 탈 생각으로 엘리베이터를 이용해 1층에서 내려 현관으로 걸었다.

프런트를 지나고 다시 오른편에 로비 라운지를 지나는 길이다.

슬쩍 본 로비 라운지에서 이지연이 두 손을 공손하게 모은 채 지배인에게 무언가 이야기를 듣고 있었다.

지각이나 무단결근을 했나?

얼굴이 무척 초췌했는데 사람마다 사정이 있는 거고, 그걸 일일이 알 필요는 없는 거다.

강찬이 현관을 향해 고개를 돌리는 순간이었다.

현관 옆의 공간에서 덜컥 눈에 들어오는 사내가 한 명 있었다.

'저 새낀 또 뭐야?'

강렬한 느낌이었다.

저런 놈이 일반인이라고? 웃기는 소리다. 눈빛이 다른 거다.

강찬은 빠르게 놈을 살폈다.

'세흐토 브니므?'

동양인이다. 그럼에도 왼손에 뱀 대가리가 불쑥 올라와 있었다. 조직원들이 너무 눈에 띈다고 폐지하자고 했어도 전통이라는 명분으로 버틴 문신.

'그런데 저 새끼가 뭘 기다리는 거지?'

놈의 시선은 로비 라운지에 있었다.

프랑스에서 한국까지 와서 커피 사 먹을 돈이 없어 저러는 건 아닐 테고.

'짝사랑?'

강찬은 풀썩 웃고 말았다. 말도 안 되는 소리다.

'아! 그 새끼, 더럽게 신경 쓰이네.'

강찬이 짜증을 털어 낼 때 이지연이 로비 라운지를 나왔고, 놈의 시선은 그녀를 따라 움직이고 있었다.

솔직히 이지연이 눈에 확 뜨일 만큼 매력적인 여자라면

또 모른다. 마른 데다 얼핏 보면 어린애처럼 보일 정도로 어려 보이는 인상이다.

하기야 차소연과 조세호가 사귀는 걸 보면 그럴 수도 있는 건가?

아무튼, 이지연이 현관으로 향하자 놈이 뒤를 따르는 것만은 분명해 보였다.

젠장!

세호토 브니므가 심심해서 이지연을 따르지는 않을 거다.

강찬은 결국 놈의 뒤를 쫓았다.

버스를 타려는 모양인지 이지연은 현관을 나와 밖으로 걷고 있었다.

"이지연 씨!"

강찬은 아예 이지연을 불렀다.

개새끼! 놀랐을 거다.

화들짝 뒤를 돌아본 이지연이 잠시 멍한 얼굴이었다가 급하게 고개를 숙였다.

무슨 일이 있었기에 얼굴이 저렇게 망가진 걸까?

"안녕하세요?"

파리한 얼굴에 겁이 잔뜩 오른 눈으로 이지연이 강찬을 보았다.

"오늘은 근무 안 해?"

이지연이 쭈뼛거리며 강찬에게 나가왔다.

주철범이 대하는 것도 그렇고, 지배인에게 들은 것도 있을 테니 어쩌면 자신을 깡패 두목으로 생각하는지도 모른다.
"저, 근무 못 나온다고 말씀드리러 나온 거예요."
"무슨 일 있어?"
강찬이 조심스럽게 얼굴을 들여다보았다.
"집에 안 좋은 일이 있어서요."
이런 건 그저 고개만 끄덕일 수밖에 없다. 스토커도 아니고, 길에 세워 놓고 무슨 안 좋은 일인 거냐? 왜 그러냐? 묻기는 곤란한 거다.
그래도 세호토 브니므가 따라다니는 이유는 알아보는 게 맞다.
"집이 어딘데?"
"상계동이요."
강찬은 퍼뜩 기가 막힌 생각을 떠올렸다.
"잘됐다. 나도 거기에 갈 건데, 택시 타고 같이 갑시다. 혼자 가기 지루했거든."
"그런데 선생님, 저 지금 집에 안 가요."
염병할! 괜히 혼자 상계동 가게 생겼다.
말문이 막힌 강찬을 보며 이지연이 가겠다는 의미로 꾸벅 고개를 숙이며 인사했다.
"그럼 지금 어디 가는데?"
입구에 있던 도어맨이 안쓰러운 얼굴로 이지연을 보았다.

영락없이 힘없는 여직원 희롱하는 꼴이다.

"테헤란로요. 서정 사옥에 가요."

"왜?"

"언니가 억울하게 죽어서 혼자 시위해요."

강찬이 자꾸 찝쩍대는 게 싫었던지 이지연이 당돌하게 말하곤 시선을 푹 떨궜다. 아차 싶었던 모양이다.

혼자 시위? 서정 사옥에서?

"미안한데 잠깐 시간 좀 내줄 수 있어?"

"선생님, 저 그냥 보내 주세요."

주변의 시선이 따갑게 느껴졌지만, 지금 중요한 건 그게 아니다.

"도움을 줄 수 있을 것 같아서 그래. 잠깐이면 돼."

이지연의 얼굴에 망설임이 올랐다가 잠시 후 '예.' 하는 대답이 있었다.

"안에 들어가서 얘기하자."

강찬은 현관을 들어서며 유리에 비친 세호토 브니므를 보았다. 난처할 거다.

로비 라운지로 들어서자 지배인이 이지연을 힐끔 보며 무슨 일인가 하는 얼굴로 다가왔다.

"차 한 잔 마시려구요."

"알겠습니다."

"주철범 좀 잠깐 불러 주세요."

"그렇게 하겠습니다."

강찬은 이지연에게 자리를 권하고 맞은편에 앉았다.

"뭐 마실래?"

"커피 할게요."

커피 2잔을 주문했을 때 주철범이 다가왔다.

"부르셨습니까?"

주철범이 힐끔 이지연을 보며 던진 질문이다. 그런데 어쩐지 '이년이 뭘 잘못했습니까?' 하는 것처럼 들렸는데, 실제로도 이지연이 움찔하는 것이 보였다.

"앉아 봐."

"예, 형님."

형님 소리에 확 짜증이 났지만 중요한 건 그게 아니다.

"돌아보지 말고 들어."

"예, 형님."

주철범이 고개를 가까이 가져왔다.

"로비 라운지 건너편 소파에 세호토 브니므라고, 프랑스 갱단 놈이 하나 있다. 내가 그 새끼 불러서 사무실 쪽으로 데려갈 거니까 지난번에 담배 피우던 방 있지? 거기 좀 비워 놔라. 돌아보지 말고!"

고개를 돌리려던 주철범이 움찔했다.

"만약 반항하면 두들겨 버릴 거니까 뒷수습도 좀 하고."

"알았습니다, 형님. 그럼 전 프런트 앞에서 기다리겠습니다."

주철범이 자리에서 일어나 프런트를 향해 걸어갔다.

강찬은 다시 이지연을 향해 말을 건넸다.

"왜 그런지 모르지만, 이지연 씨를 미행하는 놈이 있었어. 그래서 부른 거고. 만약, 언니? 언니라고 그랬지? 그래, 언니가 억울하게 죽은 거라면 내가 도움을 줄 수 있을 거 같기도 하고. 그러니까 미행하던 놈을 먼저 처리해 놓고 얘기하자. 괜찮겠어?"

주철범과의 대화도 얼추 들었던 데다, 강찬이 미행이란 말을 하자 이지연의 눈이 사정없이 흔들렸다.

"예."

직원이 다가와 강찬과 이지연 앞에 커피를 놓아주었다.

전에 샤흐란을 때려잡을 때 세흐토 브니프에서 한 가지 부탁은 들어준다고 했었는데, 번호를 입력해 놓지 않았다.

번거롭게 구니니 이럴 땐 이름 한 번 파는 게 낫다.

강찬은 자리에서 일어나기 전에 확인하고 싶은 것이 있었다.

"미안한데 혹시 누가 미행할 만한 이유가 있니?"

"아니요."

이지연은 고개를 젓다가 퍼뜩 생각난 것이 있는 모양이었다.

"서정 사옥 앞에서 시위를 해서, 그런 거 아닐까요?"

"그걸로 저런 조직이 움직이긴 어렵지."

"네에."

죽거나 죽이거나 • 263

답은 들었다. 강찬은 자리에서 일어나 곧장 갱에게 다가갔다.

애새끼, 모른 척하기는. 서로 다 아는데.

"세호토 브니므, 부탁 하나 하자."

프랑스어로 말을 걸자 놈이 날카롭게 노려보았다.

"누군지는 모르는데 그쪽에서 내 이름을 대면 한 가지 부탁 정도는 들어준다고 했었거든. 위쪽에 전화 한 통 넣어 줘."

"우리 조직을 아는 거 같은데, 그렇다면 이런 행동이 얼마나 끔찍한 결과를 가져올지는 생각 안 하나?"

강찬은 피식 웃으며 놈의 눈을 똑바로 보았다.

"예의를 지킬 때 잘해. 헛짓거리 하다가 앞의 놈들처럼 팔다리 끊어져서 돌아가지 말고."

서른 초반쯤으로 보이는 놈이 고개를 갸웃했다.

"이름이 어떻게 되는데?"

"갓 오브 블랙필드."

퉁명스럽게 질문과 답이 오간 직후다.

"원하는 게 뭐지?"

"왜 저 여자를 따라다니는 건지 알려 주면 돼."

놈의 시선에 '그래도 될까?' 하는 의구심이 스쳤다.

"안쪽에 조용한 사무실이 있는데 담배라도 하나 피우며 얘기하는 건 어때?"

강찬이 고갯짓을 하자 놈이 어쩔 수 없다는 듯 몸을 일으켰다.

파악!

그리고 한순간에 눈을 찔러 왔다.

타악! 퍼억! 퍼억! 퍼억!

손을 때려낸 강찬은 의도적으로 있는 힘껏 놈의 목과 명치, 그리고 겨드랑이를 찍어 버렸다.

"꺄아아악!"

비명과 함께 주철범이 다가왔고, 강찬이 받치고 있던 놈의 팔을 어깨에 걸쳤다.

곧바로 프런트 직원과 로비 라운지의 직원들이 와서 손님들을 안심시켰는데, 놀라고 겁먹은 눈으로 이쪽을 바라보는 이지연이 보였다.

"지배인님, 이지연 씨더러 기다려 달라고 해 주세요."

"알겠습니다, 강 선생님."

강찬은 서둘러 주철범의 사무실로 향했다.

"여깁니다, 형님."

문을 살짝 열어 둔 주철범이 강찬을 기다리고 있었다.

"커피랑 재떨이 좀 가져다주라."

"예, 형님."

주철범이 나가자 소파에 늘어졌던 놈이 정신이 드는지, 인상을 찌푸리며 고개를 짧게 털어 댔다.

"꼭 한 번이다. 한 번 더 엉뚱한 짓을 하면 팔을 부러트려 버릴 테니까 그렇게 알아."

"끙, 우릴 알면서 이런단 말이지?"

"쫓아다닌 이유?"

강찬은 담배를 꺼내 놈에게 건넸다. 순순히 받는 것을 보고는 다시 라이터를 꺼내 불을 붙여 주고 입에 문 담배에 불을 붙였다.

"전화해 보고 답을 해도 되나?"

"좋을 대로."

놈이 전화기를 꺼내 번호를 누르는 동안 주철범이 커피를 2잔 가지고 와서 탁자에 놓아주었다.

"나가 있어도 돼. 끝나는 대로 로비로 갈 테니까."

"예, 형님."

전화에 대고 상황을 설명하던 놈이 통화가 끝나자 전화기를 테이블에 올려놓았다.

"확인하고 5분 내로 전화한단다."

"커피 마셔."

강찬이 가리킨 커피를 노려보며 놈은 잠자코 목과 옆구리를 주물렀다.

뻑뻑하게 말 한마디 없이 5분이 지났다.

전화가 안 와도 그만이다. 최소 이지연을 쫓아다닌 건 분명해졌으니까 여차하면 팔 하나 부러트려서 더 못 쫓아다니게 할 생각이었다.

강찬이 소파에 기대앉아 두 번째 담배에 불을 붙일 때 놈의 전화가 울렸다. 세 번쯤 '위.'라고 답을 하던 놈이 강찬에게 전화기를 내밀었다.

"알로."

강찬은 앞에 앉은 놈을 보며 전화를 받았다.

[오랜만이군.]

단 한 번의 통화가 확실하게 기억날 만큼 느물느물한 음성이었다.

[자네의 이름으로 부탁한 것 하나는 들어주기로 했었지. 바라는 게 뭔가? 갓 오브 블랙필드.]

언제고 한 번쯤은 면상을 갈겨 주고 싶다는 생각을 하며 강찬은 입을 열었다.

"앞의 이 친구가 왜 여자를 쫓아다니는 거지? 이게 양진우와 관련이 있나?"

전화기 너머에서 잠시 침묵이 흐른 다음 답이 나왔다.

[이봐. 자네는 라노크와 어느 정도의 친분이 있나?]

답을 하랬더니 질문을 던진다. 강찬은 상대방의 음성에서 묘한 기대가 있음을 느꼈다.

"친구라고 하더군."

[라노크의 친구라.]

걱정이 남긴 듯한 음성이었는데, 상대방이 어떤 점을 걱정하는지는 알기 어려웠다.

[세상살이엔 운이라는 게 있지. 운은 늘 기회의 손을 내민다. 성공한 사람들은 그 기회를 빠르게 잡을 줄 아는 사람들이고, 실패한 자들은 고집과 만용을 부리다 기회를 날려 버리는 멍청이들이지.]

"인생 강의는 이쯤하고, 이제 질문에 답을 해 주었으면 싶은데."

강찬의 말에 폐로 웃는 듯한 웃음이 먼저 건너왔다.

[라노크와 적이 되는 건 우리도 부담스럽다. 오늘 내가 주는 정보로 이후에 일어날 일에서 세흐토 브니므를 빼 주겠다고 약속한다면 자네에게 제대로 된 정보를 주겠다.]

강찬은 아직도 목을 주무르고 있는 맞은편을 힐끔 보았다. 고작 이지연을 왜 쫓아다니는지를 물었는데 왜 라노크가 나오고 세흐토 브니므를 빼 달라는 가볍지 않은 조건을 거는 건지 의아할 뿐이었다.

[우양전우에게서 160만 유로를 받았다.]

이게 얼마지? 200억? 200쯤 된다.

이렇게 큰돈을 고작 이지연을 쫓아다니는 일에 쓴다고?

[눈앞에 있는 친구는 필립이다. 이번에 그놈을 제외하고 모두 다섯 놈이 한국으로 들어갔는데, 우리 쪽에서 우양전우에게 건넨 C4가 모두 100파운드다.]

강찬은 잠시 정신이 아득해졌다.

빌어먹을! 미친 개새끼!

C4 1파운드가 수류탄 1.3개의 위력이다.

찰흙처럼 어떤 형태로든 변형이 가능한 폭탄이라 탐지기에 걸리기도 어렵다.

그게 한꺼번에 터진다면?

국제빌딩 한 층은 깨끗하게 털려서 없어질 거다.

"누구야? 정확히 누구에게 건네준 건지를 말해 줘야 라노크에게 나도 할 말이 있지."

[워! 침착해. 침착하라구, 친구.]

가까이 있었으면 바로 팔을 부러트렸거나 눈알을 깨트려 버렸을 거다.

[이런 일은 당사자가 나오지 않아. 나는 장사를 했고, 내 신의를 걸고 자네의 운에 배팅을 한 거야. 이 정도라면 남은 일은 얼마든지 풀어낼 수 있을 것 같은데.]

강찬은 우선 숨을 골랐다.

아직 행사가 시작되기 전이라 전화 상대방의 말에도 일리는 있었다. 거기에 C4는 비린내처럼 역겨운 플라스틱 냄새 때문에 탐지견을 풀면 바로 찾아낼 수도 있다.

[필립이 쫓던 여자의 언니가 그 정황을 알았던 모양이더군. 증거를 집 어디에 두었을 수도 있어서 그걸 찾아낼 생각이었다.]

"여자를 죽인 것도 너희냐?"

[물론 계약에는 포함되어 있었지. 그런데 우리가 도착했을 때 여자는 이미 죽어 있었다.]

강찬은 마음이 바빠졌다.

C4 100파운드다. 지금부터 눈에 불을 켜고 찾아도 내일 오전 행사까지는 시간이 별로 없다.

10파운드가 대략 4.5킬로그램.

행사장에 탐지견이 들어가지 않는 한, 다섯 놈만 허리춤에 두르고 스위치를 누르면 참석자 전원 사망을 보장할 만큼의 위력인 거다.

양진우! 이 미친, 개 또라이 새끼!

[라노크에게 우리의 진심을 꼭 전해 주게.]

"오늘부터 여자를 쫓는 일은 그만두지."

[이미 들켜 버렸는데 그게 무슨 의미가 있겠나? 필립을 바꿔 줘. 아! 그리고.]

강찬이 고개를 갸웃하는 순간이었다.

[행운을 비네, 친구.]

개새끼, 폭탄을 그렇게나 팔아 놓고.

강찬은 놈에게 전화기를 건네주었다.

두 번의 대답으로 통화를 끝낸 놈이 불만스러운 얼굴로 일어났다. 이놈은 이제 볼일이 없는 거다.

그런데 강찬이 문을 향해 몸을 돌리는 순간,

홰액.

놈이 손을 뻗쳐 왔다.

터억.

강찬은 오른손으로 놈의 손목을 잡아 비틀고 왼손을 팔꿈치에 걸었다.

병신, 먼저 손을 뻗어 놓고 놀라기는!

콰자작.

"끄으윽!"

쓸데없는 자존심을 부리면 이렇게 되는 거다.

강찬이 문을 열고 나오는 사이, 안에서 프랑스어 욕이 우는 소리에 섞여 들려왔다.

복도 문을 열자 주철범이 대기하고 있었다.

"팔을 부러트렸으니까, 적당히 병원에 보내 주고 끝내라. 치료비 주지 말고."

"알겠습니다, 형님."

강찬은 바로 로비 라운지로 향하면서 김형정에게 전화를 걸었다.

[강찬 씨, 김형정입니다.]

"팀장님, C4 100파운드를 양진우가 들여왔답니다. 판매자는 프랑스 갱단 세흐토 브니므이고, 아마 증거가 있을지 모르니까 우선 그걸 찾으러 갈게요."

[강찬 씨, 지금 컴포지션 4가 100파운드라고 했습니까?]

당연히 김형정은 믿기지 않는다는 음성이었다.

"자세한 것은 확인하기 어려우니까 우선 양진우 주변에 이상한 정황이 있나, 먼저 파악해 주세요. 윤봉섭 같은 놈이 두 놈 더 있었다니까 그놈들 중 해외에 나갔다 오거나 선박, 비행기를 통해 화물을 받은 사실이 있는지도 확인하시구요. 지금 남산호텔에 세흐토 브니므 갱 놈 하나의 팔을 부러트렸거든요. 이놈 외에도 다섯 놈이 더 들어왔다는데 입국자 명단도 확인해 주시구요. 팔을 부러트린 놈 이름은 필립이라고 했습니다."

[잠깐만요! 잠깐만요, 강찬 씨.]

워낙 빠르게 말을 해서인지 김형정이 강찬을 불렀다.

"팀장님, 우선 움직이시고 결과가 나오면 다시 통화하시죠."

로비 라운지에 들어선 강찬은 이지연을 향해 다가가 자리에 앉았다.

"아까 그 사람은 어떤 사람이에요?"

이지연은 당황한 얼굴이었다.

이럴 땐 솔직하게 말하기 어렵다.

"경찰에 넘겼으니까 조사해 봐야 알 것 같아."

이지연이 고개를 끄덕이며 '예.' 하고 답을 했다.

"미안한데 언니가 억울하게 죽은 걸 경찰에서 자살이라고 처리했다는 거지?"

"예."

이지연은 고개를 떨구고 손가락을 만지작거리며 이야기

를 시작했다.

홀어머니, 언니 이지은, 그리고 이지연, 세 식구.

이지연보다 3살 많은 언니는 계열사 순시 중에 비서실장 조일권의 눈에 띄어서 회장 비서실 특채로 들어갔고, 들어간 지 한 달 만에 자살 사건이 일어난 거다.

회장 비서실에 들어간 후로 힘들어하긴 했지만 우울증이란 들어보지도 못한 일이고, 최근에는 이지연이 정직원으로 취직할 때까지만 회장 비서실에 다니고 다른 직장을 알아보겠다고까지 했었단다.

그런 이지은이 자살을 한 거다.

낡은 운동화와 청바지, 그리고 늘어진 면 티를 보던 강찬은 퍼뜩 떠오른 것이 있었다.

"언니도 이지연 씨처럼 어리게 생겼어?"

"예. 언니가 저보다 더 앳돼 보였어요."

설마? 설마 아니겠지?

강찬은 라노크의 말이 떠올라 인상을 찌푸리며 창밖을 보았다. 그 개새끼를 조금만 빨리 죽였으면 이런 일이 없었을지도 모른다.

그때 조일권을 족칠 때 달려갔어야 했다.

강찬은 일단 마음을 가라앉혔다.

"증거로 낼 게 있어?"

"언니 메모가 있어요."

"메모? 뭐라고 적혔는데?"

"엄마와 동생을 위해 참아야 한다, 무서운 사실을 알았다, 대강 이런 것들이에요. 언니는 절대 자살할 사람이 아니에요."

"뭔지 알겠다. 내가 나중에 연락할 테니까 메모 잘 보관하고, 우선은 집에 가 있어. 당장은 서정 사옥에 가지 말고."

이지연이 의심스러운 눈으로 고개를 들었다가 강찬의 눈을 보고는 '예.' 하고 재차 답했다.

이지연을 먼저 보내고 다시 자리에 앉았을 때였다.

웅웅웅. 웅웅웅. 웅웅웅.

전화기가 울려서 들어 보니 라노크였다.

그렇지 않아도 전화를 할 판이다.

"예, 대사님."

[강찬 씨, 최근에 혹시 미국에 다녀온 적 있습니까?]

뭔 자다 봉창 뚫는 소리를 이렇게 다급하게 하는 거지?

"그럴 리가요? 제 일정은 대사님도 잘 아시잖아요?"

[이상합니다. 미국 정보부는 블랙헤드와 관련된 사람이 한국에 있다고 확신하는 분위기고, 강찬 씨 이름까지 언급됐습니다. 본국 정보총국도 모르는 정보를 누가 미국에 넘길 수가 있는 건지 짐작이 안 갑니다. 강찬 씨는 짐작합니까?]

"저야 정말 모르죠. 그건 그렇고 대사님, 낮에 세흐토 브니므를 남산호텔에서 만났는데요."

강찬은 우선 C4가 국내에 들어왔다는 말부터 전했다.

[팔아먹을 건 다 팔아먹고 또 정보를 흘리다니 역시 음흉한 놈들이군요. 늘 그런 식으로 빠져나갑니다. 강찬 씨가 아니었다면 정보총국에 같은 제안을 했을 겁니다. 특히나 무기나 마약 거래는 그런 식으로 합니다.]

이 구렁이가 지금 행사에 폭탄이 터질지 모르는 판국에 뭔 헛소리를 이렇게 하는 거야?

[강찬 씨, 유라시아 철도의 발표가 갖는 비중을 생각하면 그건 일부분일 뿐입니다. 정보총국에서 오늘까지 발견해서 사전에 제거한 테러 조직만 모두 세 곳입니다. 그 외에 루드비히 쪽에서 두 곳, 반트가 별도로 두 곳을 봉쇄시켰습니다.]

듣고 있던 강찬은 맥이 탁 풀리는 느낌이었다.

[세호토 브니므가 그런 짓을 해도 발견하지 못한 건 정보총국과 유럽의 모든 정보국이 테러에 집중해 있기 때문입니다. 이번 일은 그 정도의 비중이 충분히 있습니다.]

강찬의 한숨 소리를 들은 라노크가 마치 앞으로 이런 일을 계속할 사람을 가르치는 것처럼 설명을 늘어놓았다.

[그렇다면 이제 남은 것은 미국이 어떻게 강찬 씨의 이름까지 알았느냐 하는 것이군요.]

구렁아! 그게 아니라 C4 100파운드가 남은 게 더 중요한……?

"대사님! 제가 세계 1퍼센트 안에 드는 희귀 체질이라고 해서 조직 검사를 의뢰한 적이 있는데, 미국인지는 몰라도 해외에 보낸 적은 있습니다."

[저런!]

라노크는 아예 답을 들은 것처럼 아쉬운 탄식을 쏟아 냈다.

[알겠습니다, 강찬 씨. 일단 윤곽이 잡혔으니 최대한 방해 공작을 펼치고, 미국이 정말 원하는 것이 무엇인지 알아봐야겠습니다. 명심하세요. 미국이 알았다는 건, 앞으로 일주일 내로 영국도 알게 된다는 뜻입니다.]

그걸 지금 알고 있는 너는 뭐냐?

[프랑스 정보총국은 그들보다 대략 일주일가량 앞섭니다. 정보 세계에선 무시무시한 시간이지요.]

강찬이 주변을 둘러볼 만큼 속을 들여다본 듯한 답이었다.

[아무튼, 나머지는 내일 보고 의논하기로 합시다.]

전화가 끊겼다.

이 구렁이한테는 그 엄청난 폭탄이 내일 의논할 정도밖에 안 되는 건가?

강찬이 한숨을 내쉴 때, 지배인이 세련된 동작으로 다가와 커피를 새것으로 바꿔 주었다.

제8장

이럴 필요가 있을까

지배인이 새로 가져다준 커피를 한 모금 마시자 기분이 한결 가라앉았다.

강찬은 잠시 미뤄 뒀던 전화를 걸었다.

[강찬 씨.]

김형정은 다급한 음성이었다.

[확인해 봤는데 아직 잡히는 게 없습니다. 현재 국정원 공항분실에서 수상한 입국자는 바로 출국시키고 있고, 경찰청 외사과에서 요시찰 동향 보고도 따로 받았는데 걸리는 부분은 아직 없습니다. 정보가 믿을 만한 겁니까?]

강찬은 라노크와의 통화 내용을 간단하게 설명해 주었다.

[유럽의 동향 중 3개는 저희도 파악한 내용입니다. 문제

는 C4가 들어온 정황, 그리고 밀입국의 정황을 아직 파악하지 못한 데 있습니다.]

"팀장님, 죄송하지만 내일 경호 인력에 석강호를 포함시켜 주실 수 있을까요? 근접 경호로 무기 소지하구요. 그리고 경호 계획서를 가지고 계시면 그것도 좀 보고 싶은데요."

[대통령 경호실 소관이라 제가 결정하긴 어렵고, 원장님과 통화해 보고 바로 연락드리겠습니다.]

김형정과 전화를 끊은 강찬은 창밖을 향해 몸을 기댔다.

이미 벌어진 일이다.

어쩌면 내일 행사로 양진우를 꽁꽁 묶을 수 있을지 모른다는 생각도 들었다.

잠시 후에 전화가 울렸다.

[강찬 씨, 원장님께서 강찬 씨가 원하는 대로 지원하라는 허가를 내렸습니다. 마침 요원 자격이 있는 분이라 다행이고, 석강호 선생이 원하는 권총이 따로 있는지 말씀해 주시면 조치하겠습니다.]

"베레타 미터9과 글록 19, 이렇게 2정, 탄창은 4개, 무전기. 그 정도면 될 겁니다."

[그게 다 석 선생이 사용할 겁니까?]

"예. 저는 라노크가 준비해 준다니까 그쪽에서 해결할게요. 혹시 몰라서 그런데 대검 2자루만 따로 준비해 주세요. 발목에 걸었으면 싶습니다."

[알겠습니다. 대신 경호 계획은 삼성동 사무실에서만 보실 수 있습니다.]

"지금 남산호텔이니까 바로 출발할게요. 괜찮으세요?"

[그럼요. 석 선생께는 제가 전화하겠습니다.]

전화를 끊으며 본 시간이 오후 5시 30분이었다.

한숨이 절로 나왔다. 뭔 놈의 인생이 무기를 손에서 놓을 날이 없을까?

그나저나 조직 검사 의뢰를 정말 미국에 한 게 맞는 건가?

강찬은 우선 현관으로 나가 택시를 탔고, 출발과 동시에 유헌우에게 전화를 넣었다.

[강찬 씨, 모임에 나와 있어서 병원에 가려면 1시간쯤 걸려요. 많이 다친 겁니까?]

"원장님, 그런 건 아니고 뭐 좀 여쭤 볼 게 있어서 전화한 거예요."

[다치진 않은 거구요?]

어쩐지 실망한 말투 같아서 풀썩 웃음이 나왔다.

"저, 지난번에 조직 검사한 거 있잖아요. 그거 혹시 미국에 검사 의뢰를 하신 건가요?"

[예. 워싱턴에 있는 쌤플턴 연구소에 보냈습니다. 전 세계적으로 가장 권위 있는 연구소여서 그곳이라면 어떤 결과가 나와도 신뢰할 수 있지요.]

염병! 이렇게 되면 라노크가 놀라서 지껄인 게 맞는다는 말이 된다.

[왜요? 무슨 일 때문인데요?]

"혹시 엉뚱한 데 보낸 건 아닌가 궁금해서요."

[비용이 비싸게 먹혀서 그렇지 믿을 만한 곳입니다.]

유헌우가 풀썩 웃으며 답을 했다.

"그냥 핑계 김에 목소리 듣고 싶어서 전화드린 거예요."

몇 마디 더 떠든 후에 전화를 끊었다.

한남대교를 지나자 길이 막혀서 택시가 속도를 내지 못했다.

웅웅웅. 웅웅웅. 웅웅웅.

"여보세요?"

[나요. 뭔 일이요? 김 팀장이 꼭 좀 와 달라고 하던데? 목소리가 심상치 않소.]

"지금 말하긴 그렇고, 만나서 얘기하자. 올 수는 있냐?"

[지금 삼성동에 가는 길이요. 저녁은 어떡했소?]

"안 먹었다."

[잘했수. 와서 같이 먹읍시다.]

전화를 끊고 20분이 더 지나서야 삼성동에 도착했다.

5층으로 올라가자 김형정이 문을 열어 주었고, 바로 방으로 들어갔다.

내용을 설명 들었는지 석강호가 무거운 표정으로 '왔소?' 하며 강찬을 맞았다.

우선 비빔밥을 3개 시켜 놓고, 낮에 라노크를 만난 이야기부터 세호토 브니므, 이지연까지의 일을 쭉 들려주었는데 이야기가 끝나자 밥이 왔다.

여긴 배달 하나는 정말 빠르다.

식사는 5분 만에 끝났다.

김형정이 음료수 3잔을 가지고 와서 탁자에 놓아주었다.

"우선 일정표를 먼저 봅시다."

담배를 입에 문 채로 책상으로 간 김형정이 서류와 도면을 잔뜩 들어서 탁자로 가져왔다.

"여기, 석 선생은 이걸 보시고. 그중에서 V자로 표시된 일정이 대통령 참석 일정입니다. 발표는 공동 명의이기 때문에 참가자 전체가 모여 선 가운데 라노크 대사가 하게 되어 있습니다."

일정을 쭉 훑어보았는데 생각보다 빡빡하지는 않았다.

"문제는 이 시간 사이에 각국 담당자들끼리 개별 미팅을 하는 시간입니다. 즉석에서 이뤄지기 때문에 경호에 특히 신경이 쓰이는 부분입니다."

"정보국 미팅은 경호를 알아서 한다고 하던데요?"

"그것도 미칠 노릇입니다. 국제빌딩과 국제호텔이 같은 통로를 쓰는데, 무장한 요원이 100명 넘게 옆 건물에 있는 겁니다. 이것 때문에 잠시 말이 있었는데 시일이 워낙 촉박하고 상싱적인 의미가 강해서 다들 이해하고 넘어간 깃

이럴 필요가 있을까 • 283

입니다."

어쩌면 골치 아픈 싸움을 한국에 떠넘긴 것일 수도 있겠구나 싶었다.

강찬은 되레 긴장이 풀어지는 느낌이었다.

"팀장님, 최악의 상황을 가정하고 정보국 간에 총격전이 벌어지면 어떻게 대처하실 생각이세요?"

잠시 침묵이 흘렀다.

"각국의 정보요원들이 총을 소지한 상황이니까 최악을 가정해 봐야 하지 않을까요? 그럴 경우 매뉴얼이 어떻게 되는지 궁금해서요."

"흠, 우선 경호실에서 요인 경호, 국가정보원에서 1차 저지, 다음은 606대원 투입의 단계를 거칩니다."

"C4의 반입 가능성은요?"

김형정은 고개를 갸웃하며 탁자에 놓인 도면을 먼저 손바닥으로 고르게 펼쳤다.

"여기 있는 환풍구, 이음새, 그리고 출입문 전체에 점검 표지를 붙여 놓았습니다. 현재 606대원이 배치되었고, 행사 시간까지 계속 대기할 예정이라 건물에 설치하기는 어려울 겁니다."

"그렇다면 행사 중간에 반입한다는 뜻이겠네요."

"그렇다고 봐야 하는데 내일부터 이틀간은 주방에도 대원들이 배치돼 감시하고, 모든 행사 인원은 철저하게 검색대를 통과한 후 탐지견을 거치기 때문에 반입하기는 쉽지 않습니다."

"건물 전체를 통제하는 건 아니죠?"

"그건 불가능합니다. 솔직히 행사가 이렇게 급하게 잡히지만 않았다면 이런 식으로 나눠서 준비하지도 않았을 거고, 절대로 국제빌딩이나 국제호텔을 사용하지도 않았을 겁니다."

강찬이 왜 그러냐는 뜻으로 지도에서 시선을 들어 김형정을 보았다.

"건물 내에 다른 이용객을 통제할 방법이 없거든요. 한 층이야 어떡해서든 막는다고 치더라도 그 외는 통제가 불가능하다시피 하니까요. 거기다."

말을 하다 말고 김형정은 한숨을 먼저 푹 내쉬었다.

"취재진이 상상 이상입니다. 지금 프레스 센터에 공식으로 취재 협조를 요청한 곳만 90개 언론사에 400명 가까이 됩니다. 그 외에도 예능 프로그램까지 어떻게 해서든 취재에 끼어들려고 온갖 로비를 하는 통에 아주 죽을 맛입니다."

"제가 너무 몰라서 엉뚱한 제안을 받아들였나 보네요."

빈정거리거나 후회하는 게 아니라 실제로 그럴 수도 있다고 생각해서 한 말이었다.

"그렇진 않습니다, 강찬 씨. 절대로 그런 생각을 하면 안 됩니다."

김형정이 의자에 몸을 기대고 앉아 담배를 집어 들었다.

이럴 필요가 있을까 · 285

"원래 계획에는 포함되어 있지 않았던 대한민국이 러시아, 프랑스와 더불어 유라시아 철도의 한 축으로 당당히 인정받는 계기가 되는 일입니다. 때문에 정부도 모든 불안한 면을 감안하고라도 이 제안을 흔쾌히 받아들인 것이구요."

담배에 불을 붙인 김형정이 강찬을 똑바로 보며 말을 이었다.

"아까 원장님께서 그러시더군요. 몽골 작전에 이어 이런 일에까지 강찬 씨의 힘을 빌려야 하는 것이 너무 미안하다구요. 제 심정도 그렇습니다. 이렇게 일할 기회를 잡은 것만도 강찬 씨에게 얼마나 고마운지 모릅니다. 만약 우리나라를 빼놓고 발표회를 한다면, 저는 또 특수팀을 끌고 달려갔을 겁니다."

강찬이 피식 웃자 석강호와 김형정도 함께 웃었다.

"후우! 그럼 팀장님, 우선 하나씩 정리하시죠."

"어떻게요?"

강찬은 떠오른 것들을 우선 털어놓았다.

"라노크와 다섯 나라의 요원들을 제가 통제하기로 했습니다. 만약 정보요원 간에 총격전이 벌어지면 우선 제 선에서 진압하고, 안 되면 요청을 하겠습니다. 이때 작전권은 제게 있는 걸로 하지요."

"그거야 다른 정보국 요원들까지 뒤엉켜 있을 테니 충분히 가능한 일입니다."

김형정이 담배를 끄며 고개를 끄덕였다.

"두 번째로 적의 침투나 폭탄 테러가 발생했을 때의 작전권이 문제인데, 이때도 외국 정보요원들이 문제가 됩니다. 한 분을 정해 주셔야 그분의 통제를 제가 각국 정보요원들에게 전달할 수 있을 것 같습니다."

"그건 제가 내일 오전 10시 전에 원장님께 의논드려서 답을 드리지요. 아마 원장님께서 경호실장님과 별도로 논의하셔서 답을 주실 겁니다."

"이 정도면 되겠는데요? 대신 정보요원의 총격전이 벌어질 경우, 외부 병력의 투입은 반드시 제 결정에 따라 주세요."

"그렇게 하지요. 그런데 강찬 씨."

김형정이 머뭇거리며 말을 잇지 못했다. 이럴 경우는 한 가지밖에 없다.

"제가 당하면, 여기 석강호, 다음은 프랑스 요원 중 루이로 작전권을 인정하시면 될 겁니다."

"알겠습니다."

특별한 것은 없더라도, 전체적인 개요를 머리에 담고 나니 한결 마음이 개운했다.

얼추 10시를 훌쩍 넘긴 시간이었다.

"중국 측이 우리 정부에 은근슬쩍 손을 내밀고 있습니다. 어쩌면 지난 테러 사건을 주도했던 자들이 마지막 발악을 할 수도 있을 겁니다."

"저는 어쩐지 중국이 마지막까지 테러를 지원할 수도 있다고 여겨지는데요."

"그럴 수도 있을 겁니다. 만약 테러가 실패하면 외교적인 채널로 사과하고 좋은 관계를 유지하려 들 테니까요."

강찬은 이지연의 언니 사건을 재조사할 수 있게 해 달라는 당부를 마치고, 석강호와 함께 김형정의 사무실을 나왔다.

"차 한잔해도 되우?"

"그럼 그냥 가려고 그랬냐?"

히죽 웃는 석강호와 둘이 사거리의 커피 전문점으로 움직였다.

여기서부터 다른 얘기다.

강찬은 김형정에게 하지 않았던 미국 정보국의 이야기를 석강호에게 들려주었다.

"짐작 가는 게 있소?"

"모르겠다. 하지만 어쩐지 너랑 내가 이 몸뚱이로 다시 태어난 것과 관련 있는 게 아닌가 싶기도 하고."

"에효, 그거야 닥치면 다 알게 될 일이니까 그렇게 넘겨둡시다. 당장 내일부터가 문제 아니오?"

"수업은 어떻게 할래?"

"대장 오기 전에 이미 얘기 끝냈소. 김 팀장이 알아서 처리한다고, 그런 건 걱정도 하지 말라고 합디다. TV에 얼굴 나올까 봐 그게 걱정이지 다른 건 없소."

말을 마친 석강호가 또 얼음을 버적버적 깨물어 먹었다.

"쯧! 전투는 몰라도 경호는 아무래도 우리 전문이 아니라서 좀 찜찜하다."

"그렇긴 하우. 아!"

"왜?"

"얼음 깨물다가 혀 씹었소. 와아!"

강찬은 풀썩 웃고 말았다.

"이게 얼음을 먹다 보면 혀가 마비되는 건가?"

"적당히 해라."

몇 번 혀를 입 밖으로 꺼냈던 석강호가 이번엔 담배를 집어 들었다.

"병원엘 한 번 가 봐야 하나 생각 중이오."

석강호가 병원에?

강찬의 시선을 받은 석강호가 툴툴거리며 입을 열었다.

"생각해 보니까 내가 이상하게 먹을 걸 밝히고 있는 거요. 거기에 자꾸 열이 뻗친 것처럼 몸이 더워지기도 하고. 처음엔 여름이라 그런가 했는데 시간이 지날수록 그게 아닌 거 같아서 병원에 가 볼까 싶소."

"아닌 게 아니라 너 요즘 먹는 것 좀 밝혔지."

"이러고 집에 가서 빵을 두세 개씩 먹고 자우."

"운동 시작해서 그런 것 아니고?"

"그런가?"

이럴 필요가 있을까 • 289

척 보기에 석강호는 건강해 보여서 별달리 이상한 점은 없었다.

"내일 11시부터 공식 일정이오. 난 국가정보원 요원들과 안으로 들어갈 거니까 도착해서 봅시다. 감은 어떻소?"

"아직 아무런 느낌은 없어."

"그럼 잘 끝나겠지요."

강찬도 그렇게 생각하자고 마음먹었다.

"담배 하나 피우고 들어가자."

강찬이 담배를 꺼내 불을 붙였다.

덤덤함에 찜찜한 무언가가 묻은 느낌이었는데, 이런 건 닥쳐서 헤쳐 나가야 할 일이지 다른 방법은 없었다.

집에 도착한 시간은 얼추 11시였다.

강대경은 이미 잠이 들었고, 재단 출근 때문인지 유혜숙이 억지로 잠을 이겨 내는 얼굴로 강찬을 맞았다.

"주무시지 그러셨어요?"

"막 자려던 참이야. 아들 온 거 보니까 안심하고 푹 잘 수 있겠다. 내일 행사에 가는 거 맞지?"

"예. 얼른 주무세요."

"그래, 아들. 잘 자."

강찬은 간단하게 씻고 잠자리에 들었다.

⚜ ⚜ ⚜

새벽에 일어난 강찬은 평소와 다름없이 계단을 이용해 내려오면서 가볍게 몸을 풀었다.

이제는 새벽 공기에 찬 기운이 살짝 섞여 있었다.

"후우- 우!"

숨을 조절한 후에 아파트를 달리기 시작했다.

아프리카 때보다 컨디션이 훨씬 좋았다. 그렇다고 고비가 없는 것은 아니지만, 처음과 비할 바는 아니어서 마라톤을 한번 해 볼까 하는 욕심이 들 정도였다.

아파트를 크게 돌아 입구에 도착하면 대략 12킬로미터쯤 된다. 11킬로미터는 조절해서 달리고, 나머지 1킬로미터는 전력 질주를 하는데 이때의 고통은 컨디션과 전혀 상관없는 것이었다.

"허억. 허억. 허억. 허억."

벤치 앞에서 숨을 고른 강찬은 이어서 가벼운 맨손 운동으로 땀을 식힌 다음, 다시 계단으로 올라갔다.

아직 7시가 되기 전인데도 교복을 입은 학생과 출근하는 사람들이 보였다.

"아들! 운동 갔다 왔어? 오늘 같은 날은 좀 쉬지."

"괜찮아요. 이걸 거르면 오히려 몸이 무거운 걸요."

유혜숙의 말대로 운동을 거르면 1년 중 운동할 수 있는 날이 30일이 채 안 될 거다. 처음이라면 짜증 냈을 저런 말들이 지금은 행복으로 다가왔다.

셋이서 아침을 먹었다.

"그럼 오늘은 호텔에서 함께 지내는 거지?"

"예. 내일 공식 발표 끝나고 프랑스 대사관에 들렀다가 집에 올 테니까 많이 늦을 거 같아요."

"이번 전 일정을 TV에서 생중계한다더라. 무슨 월드컵 경기처럼 다들 모여서 보자고 하는 사람들이 많아. 당장 오늘 저녁 만찬에서 대통령 환영 연설에 어떤 말이 나올지 기대하는 사람도 있고."

"그런 걸 기대해요?"

오늘따라 콩나물국이 입에 맞아서 유혜숙이 반가운 얼굴로 국을 더 가져다주었다.

"이 일로 우리나라가 상상도 못하던 부자 나라가 된다는데 당연히 관심이 가지."

"아버지는 어떠세요?"

"글쎄. 아버진 다른 건 모르겠고, 엄마 건강하고 너 이렇게 든든하게 옆에 있으면 더 바랄 게 없을 것 같다. 당신은 어때?"

"나? 나도 당신이랑 똑같지."

이젠 식사하면서 대화를 나누는 것에도 익숙하다.

강찬은 빨리 행사를 끝내고 일상으로 돌아오고 싶다는 생각을 하며 아침 식사를 마쳤다.

유혜숙이 당분간 매일 출근하게 되면서 아침 식사가 이

전보다 20분쯤 빨라졌다. 아무래도 화장하는 시간이 그만큼 더 걸리기 때문이다.

그래도 늘 5분쯤은 늦게 출발한다.

"무리하지 말고, 좋은 경험을 쌓고 오면 돼. 알았지?"

"아들! 조심해."

"예. 그럴게요."

아침 배웅을 마친 강찬은 느긋하게 거실에 앉았다. 9시 10분에 차가 온다고 했으니 아직 40분쯤 여유가 있었다.

무언가를 하려고 서둘 필요가 없는 시간이다.

예전에도 이랬다.

전투가 있는 날 아침은 씻고 먹는 것 외에 특별히 움직이지 않았다.

늘 유언을 쓰는 놈.

개인 소지품을 깔끔하게 정리하는 놈.

요란스럽게, 혹은 경건하게 신께 기도하는 놈.

그런 놈들 틈에서 강찬은 그저 편안하게 늘어져 있었다. 그리고 그럴 때면 늘 다예루나 제라르가 커피를 가져오곤 했다.

강찬은 무심코 옆에 놓인 리모컨을 집어 들었다. 아침마다 강대경이 보던 뉴스 전문 채널을 볼까 해서였다.

잘칵.

버튼을 누르자 TV 아래의 파란색 LED 등이 빛을 밝히며 화면이 시작되었다.

[오늘 역사적인 유라시아 철도 발표를 위한 각국의 대표들이 도착할 국제호텔 앞입니다. 현재 군 특수팀이 물 샐 틈 없이 지키고 있는 가운데, 잠시 후면 이리로 각국의 대표단이 모여 합의서를 체결한 뒤 내일 발표하게 됩니다.]
[네. 허민영 기자, 시민들의 반응은 어떻습니까?]
[평일이고 출근 시간이어서 그런지 환영 인파는 보이지 않고 있습니다. 하지만 국민들 모두 이번 행사를 환영하고, 유라시아 철도에 기대하는 바가 적지 않습니다. 잠시 인터뷰 보시겠습니다.]

화면이 툭 바뀌었다.

[윤소라 (대학생)
상상도 못했던 일이에요! 10년 뒤면 제가 37살인데요! 그때 1인당 국민 소득이 20만 불 시대가 열린다잖아요! 그리고 이런 역사적인 발표가 우리나라에서 열린다는 게 정말 자랑스러워요! 대한민국 만세! 파이팅!]
[정현태 (사업)
대한민국에 태어난 게 이렇게 자랑스러웠던 적은 없는 것 같습니다. 꼭 돈이 많이 생겨서가 아니라, 이런 역사적

인 일의 중심에 우리나라가 있는 거잖습니까. 중국과 일본이 눈치 보는 나라, 미국이 오히려 우리에게 유통을 맡겨야 하는 시대를 맞이할 수 있다는 게 믿기지 않을 정도입니다. 대한민국, 파이팅!]

[네! 현재 시각 오전 8시 50분을 향해 가고 있습니다. 그럼 유라시아 철도 발표를 맞는 각국의 표정이 어떤지 살펴보겠습니다. 주상인 기자.]

[주상인입니다.]

[내일 중대 발표를 앞두고 외국의 반응은 어떤가요?]

[네. 우선 유럽과 러시아를 중심으로 흥분이 고조되고 있는 가운데 일본과 중국의 반응이 묘하게 엇갈리고 있는 분위기…….]

달칵. 띠루루룩.

강찬은 TV 스위치를 껐다. 준비할 시간이다.

셔츠와 양복을 입었다.

옷장 한쪽에 걸린 교복을 보자 문득 학교에 나가고 싶다는 생각이 들어서 풀썩 웃음이 나왔다.

나가 봐야 빤히 운동부실에서 죽치다가 점심 먹고, 알아듣기도 어려운 수업 시간에 오묘한 시선으로 교과서를 노려보는 것 말고는 할 것도 없는데 말이다.

나갈 시간이었다.

강찬은 안방을 슬쩍 들여다본 후에 문을 닫았고, 베란다 창문이 잘 잠겨 있는지 확인하고는 현관을 나섰다.

때앵.

엘리베이터 문이 열렸다.

⚜   ⚜   ⚜

강찬이 라노크의 집무실에 들어선 것은 오전 9시 40분경이었다.

"대사님, 조금 일찍 도착했습니다."

"오히려 더 좋지요. 기분은 어떻습니까?"

책상에서 일어선 라노크가 중간의 탁자를 가리켰다.

"아직 여유가 있으니 차를 한잔할까요?"

말을 마친 그는 눈짓으로 무언가를 지시하고 강찬을 안내해 탁자에 앉았다.

쪼르륵.

은으로 된 주전자를 기울이자 홍차 향이 강하게 풍겼다.

강찬은 잔을 들어 한 모금을 마신 뒤 조심스럽게 내려놓았다.

"아무래도 시가를 하나 피워야겠습니다. 담배 하겠습니까?"

"저는 가져온 게 있습니다."

강찬이 담배를 꺼내자 라노크가 시가의 끝을 절단기로 자른 후, 입에 물었다.

"오늘 새벽에서야 C4의 반입이 실제로 확인되었고, 다음으로 행사장에 테러를 시도할 거란 첩보가 세 곳 이상에서 들어왔습니다. 아직 테러의 핵심 세력이 누구인지는 밝혀지지 않았습니다."

아무렴 폭죽놀이를 위해 C4를 구입하지는 않았을 테니 테러 시도는 당연한 말인 거다.

"굉장히 어려운 행사가 될 겁니다."

"알겠습니다."

"강찬 씨, 제가 행사의 전면에 나서게 됐습니다. 강찬 씨가 TV에 얼굴을 보일 수 있다는 말이 되고, 다음으로 만약 내일까지의 행사에서 문제가 생긴다면."

라노크가 강찬을 똑바로 바라보며 말을 이었다.

"안느의 안전은 강찬 씨가 맡아 주어야 합니다."

이럴 이유가 있나?

강찬은 고개를 갸웃했다.

"대사님, 짐작하시는 게 있다면 솔직하게 말씀해 주시는 게 낫습니다. 경호는 잘 몰라도, 알고 대비하는 것과 모르고 당하는 것은 다르니까요."

"그런 건 아닙니다, 강찬 씨. 다만, 정보국의 모임이라는 게 워낙 변수가 많아서 이런 자리 자체가 갖는 위험을 말씀드린 것뿐입니다."

구렁이가 조른다고 더 입을 열 것 같지는 않아서 강찬은 차를 한 모금 더 마셨다.

쯧!

안느 이야기에 팔려서 TV에 얼굴이 나오는 일은 따지지도 못했다.

언제쯤 이 구렁이를 말로 한 번 이겨 볼까?

똑똑똑.

강찬이 엉뚱한 생각을 하고 있을 때, 보좌관이 들어서서는 '대사님, 시간 됐습니다.' 하는 말을 전했다.

"옆방에 필요한 것들을 준비해 놓았습니다. 강찬 씨가 준비되는 대로 출발하겠습니다."

"그러죠."

강찬은 자리에서 일어나 보좌관을 따라 옆방으로 걸었다.

"봉쥬르, 무슈 강."

루이와 요원 한 명이 대기하고 있었다.

"여기 이 옷으로 갈아입고, 무기는 원하는 대로 준비하면 됩니다."

"그러지."

루이와 요원이 나가자 강찬은 우선 옷을 갈아입고, 책상에 놓인 무기들을 살폈다.

'뭘 고르라는 거야?'

권총은 베레타 93R과 글록의 두 종류뿐이다.

강찬은 허리띠에 끼우는 케이스를 이용해 오른쪽 허리에 한 개, 그리고 왼쪽 발목에 한 개, 모두 2개의 글록19을 챙겼고, 다음으로 탄창 4개를 탄창 집을 이용해 등 쪽 벨트에 걸었다.

대검은 아예 준비돼 있지도 않았다.

'정보전이라 권총으로 바로 끝난다는 건가?'

강찬이 피식 웃으며 문을 열자 기다리고 있던 루이가 무전기를 건네주었다.

젠장! 주려면 재킷을 입기 전에 주지.

강찬은 재킷을 벗고 왼쪽 허리에 무전기를 건 다음 소매 마이크와 이어폰을 걸고서 다시 재킷을 입었다.

후우! 준비가 끝났다.

"행사장 안에는 무슈 강과 저만 들어갑니다. 모든 정보국의 요원을 2명으로 제한했답니다."

강찬은 고개를 끄덕였다.

오늘 같은 행사는 많은 것보다 적은 게 오히려 나을 수도 있었다.

강찬이 집무실로 가려는 순간, 라노크가 걸어 나왔다.

"준비는 됐습니까?"

"가시면 됩니다."

라노크가 서양 기면 같은 웃음을 오랜만에 보이며 복도를 걸어 나갔다.

대사관 마당에는 이미 엄청난 취재진이 몰려 있었다.

연달아 셔터 누르는 소리가 사방에서 터져 나왔는데, 라노크는 손을 들어 두어 번 상체를 좌우로 돌린 다음 바로 차에 올랐다.

강찬이 라노크의 옆자리에 탔고, 루이는 앞에 올랐다.

차가 출발하자 승합차가 뒤를 따랐다.

"도착하면 요원 10명이 강찬 씨를 찾을 겁니다. 오늘 코드명은 역시 갓 오브 블랙필드로 할 예정입니다. 괜찮습니까?"

"그렇게 하시죠."

"강찬 씨."

강찬이 고개를 돌린 순간이었다.

"정보국의 모임은 철부지 소년들의 모임과 비슷합니다. 기선을 제압당하면 정보 담당자도 힘을 쓰지 못합니다. 당장 자신을 지켜 주지 못하는 상황에서 목소리를 높이기 어렵기 때문입니다. 무슨 뜻인지 강찬 씨라면 잘 알 거라고 믿습니다."

강찬이 풀썩 웃으며 앞을 향해 시선을 돌리자 뒤를 힐끔거리던 루이가 얼른 시선을 가져갔다.

⚜   ⚜   ⚜

[지금 각국의 유라시아 철도 담당자들이 속속 발표회장으

로 들어오고 있습니다. 각자 대사관에서 머물거나 혹은 새벽에 도착한 각국 담당자들은 우리나라 시각으로 오전 12시에 있을 첫 번째 모임을 위해, 이곳 국제 빌딩에 모습을 드러내는 것입니다. 아! 지금 러시아 담당자가 들어오고 있습니다.]

"여보, 나 이상하게 긴장돼."
"그럴 게 뭐 있어? 역사적인 일이긴 하지만 긴장하기보다는 그냥 즐기는 마음으로 보면 되는 거야."
의자에 앉은 강대경과 유혜숙의 주변으로 직원들이 의자를 가져다 앉거나, 그 주위에 쭉 둘러서서 함께 TV를 지켜보고 있었다.
영업사원들 거의 전부가 오전 약속이 취소되거나 없어서 아예 오늘은 다 같이 TV를 시청하기로 했는데, 심지어 재단 여직원이 함께 있을 정도로 업무가 한산했다.

[말씀드린 순간, 지금은 프랑스 대사가 들어오고 있습니다. 이번 유라시아 철도의 핵심 인물로 설립위원장, 그리고 초대 운영위원장을 맡은 실질적인 결정권자가 바로 프랑스 대사입니다.]

화면에 승용차가 멈춰 서고, 오른쪽 문이 열리며 라노크가 내린 직후였다.

"어! 여보! 저기 우리 찬이 아니야?"

"어어? 정말!"

화면이 라노크를 가까이 당길 때, 그가 강찬을 기다리는 듯 주변을 향해 손을 흔드는 모습이 잡혔다.

⚜　　⚜　　⚜

"와아- 아!"

신묵고등학교가 떠나갈 정도로 커다란 함성이 터져 나왔다.

개학과 동시에 벌어지는 행사라 수업을 대신해 방송을 시청하고 있던 참이다.

가뜩이나 강찬이 프랑스 국립대학에 전액 장학생으로 입학했다는 소식에 프랑스 대사의 입장을 관심 있게 지켜보던 학생들이 강찬을 보자 미친 듯이 소리를 질러 댄 거다.

[라노크 대사가 지금 동양인과 함께 입장하는 것 같은데요. 아직 신원은 밝혀지지 않았습니다.]

"우리 반 학생이에요!"

남학생 하나가 악을 쓰자 '맞아요!' 하는 외침이 합창처럼 터져 나왔고, 흥분을 참지 못해 책상을 두드리는 아이들도 보였다.

　김미영은 꼭 쥔 두 손을 가슴에 모으고 화면을 보고 있었다.

　숨이 막힐 것처럼 멋있는 모습.

　김미영만 그런 것이 아니라 반 아이들 모두가 홀린 것처럼 TV 화면을 주시했다.

　몸에 꼭 맞는 양복, 라노크와 서서도 기죽지 않는 자세.

　거기에 프랑스 대사이고, 유라시아 철도의 설립위원장 겸 초대 운영위원장인 라노크가 기다렸다가 함께 입장하는 모습을 보자, 가슴이 뜨거워졌다.

　"와아아- 아!"

　학생들이 또 한 번 커다랗게 고함을 질렀다.

　이름을 알지 못하는 프랑스인이 내리는 것을 본 강찬의 얼굴이 화면에 가득 잡혔기 때문이다.

　피식!

　"와아!"

　"저기서도 저렇게 웃어!"

　아이들이 강찬이 피식 웃는 것을 보며 소리친 최초의 순간이었다.

　가장 뒤쪽에 앉은 이호준은 김미영만큼이나 붉게 상기된 얼굴로 주먹을 꽉 쥐었다.

　저런 남자가 돼 보고 싶어서였다.

⚜   ⚜   ⚜

"어머! 어머! 어머! 우리 대표님, 너무 멋있어! 어떡해!"

발을 동동 구르며 소리 지른 코디 직원의 말이 아니어도 디아이 직원 전체가 넋을 잃고 화면에 집중하고 있었다.

주눅 들 만도 한데 마지막 순간에 피식 웃는 모습을 보는 순간, 여직원들과 연습생들의 표정은 거의 비슷했다.

미쉘은 가슴에 가득한 감정을 숨기지 않는 표정이었고, 은소연은 그런 미쉘의 얼굴을 슬쩍 보고는 꼭 쥔 두 손에 시선을 떨궜다.

⚜   ⚜   ⚜

국제빌딩을 향해 들어가는 순간, 라노크가 강찬을 향해 고개를 가져왔다.

"긴장 안 됩니까?"

"그래야 되나요?"

라노크가 '역시' 하는 표정으로 고개를 든 다음 앞을 향해 걸었다.

'대회의실'이란 푯말을 따라 걷자 운동장 규모의 널따란 공간이 나왔다.

원형 탁자가 놓였고, 입구에서 안내원이 라노크의 신분을 확인하고 자리로 안내했다.

단상과 가장 가까운 자리다.

원형 탁자당 4명의 담당자와 각기 2명의 수행원이 앉기 때문에 모두 12명이 자리할 만큼 커다란 탁자였다.

"강찬 씨!"

탁자에 있던 루드비히와 반트가 자리에서 일어나 강찬과 볼 키스를 나눴다. 바로 옆의 테이블에서도 2명이 건너와 반갑게 인사를 했는데, 그 바람에 시선이 일제히 강찬에게 쏠린 것은 당연한 일이었다.

"무전기 주파수를 별도로 맞추겠습니다."

루이가 부하 직원처럼 다가와 강찬의 무전기 주파수를 맞춰 주었다.

"이 교신은 모두 12명만 듣습니다. 채널을 변경하시려면 이 버튼을 누르면 됩니다."

강찬은 고개를 끄덕이고 함께 앉은 테이블과 건너편의 요원들을 둘러보았다.

덩치가 큰 놈부터 눈매가 매섭고 날카로운 놈, 그리고 날렵하게 생긴 놈까지 각양각색이었지만, 그중 호텔에서 마주친 것처럼 섬뜩한 느낌이 드는 요원은 없었다.

'이래서 라노크가 나를 데리고 오려는 거였구나.'

강찬은 넓은 홀을 둘러보며 라노크의 말을 이해했다.

강찬을 따르겠다는 11명과는 달리 테이블별로 하나둘은

섬뜩한 느낌을 주는 요원들이 있었다.

타고난 재능에 수많은 실전을 거쳐야 가능한 눈빛들이었다.

아무리 타고난 놈이라도 21살부터 10년가량 현장에서 처절한 실전을 거듭하다 보면 살아남는다는 것 자체가 쉽지 않다.

다시 거기서 요원으로 나와 경험을 쌓는 건 또 다른 이야기다. 거기에 삼십이 넘으면 감각과 힘이 떨어진다.

강찬은 라노크가 왜 그토록 프랑스 귀화를 권했는지, 조금이나마 이해할 수 있었다.

덜컥. 덜컥.

출입구 두 곳이 닫히고, 유니폼을 착용한 직원들이 샐러드, 스테이크의 두 가지 접시를 참석자들 앞에 놓아주었다.

원형 테이블만 모두 8개. 그렇다면 모인 사람들은 전부 96명이란 말이 된다.

그럼에도 실내는 조용했다.

다른 테이블에서 강찬을 힐끔거리며 경계하는 눈빛이었지만, 상관할 건 없었다.

음식이 한창 준비될 때 라노크가 자리에서 일어섰다.

[라노크입니다.]

무대 앞에 걸려 있던 마이크를 든 그가 입을 열었다.

의자에 걸려 있는 헤드셋을 귀에 가져가는 이들이 서넛

있었는데, 대부분은 프랑스어를 그대로 듣고 있었다.

[역사적인 순간을 위해 모이신 여러분을 환영합니다. 이 자리에서 식사를 마치고, 대회의실로 자리를 옮겨 유라시아 철도의 원만한 설립과 운영을 위한 협조의 기틀이 마련되기를 희망합니다.]

100명에 가까운 인원들이 앉았음에도 간혹 기침 소리만 들릴 뿐, 나머지는 음식을 내려놓는 소리만이 들릴 뿐이었다.

'영감들이 눈매 더럽게 매섭네.'

강찬이 주변을 둘러보며 느낀 기분이었다.

주름 많고 살이 쪘으며, 두툼한 안경을 쓴 노인네까지 눈빛만큼은 누구에게도 지지 않을 만큼 번들거렸다.

강찬은 대각선으로 두 테이블 건너에 있는 날렵하게 생긴 3명의 사내에게 자꾸만 시선이 갔다.

하얀 피부, 갸름한 얼굴에 단단한 체형.

분명 러시아 쪽인 느낌인데 세 사람의 인상이 한결같이 예사롭지 않았다.

꼭 아프리카에 용병을 지원한 후, 1차 훈련을 통해 탈락자를 떨궈 내고 모여 앉은 것과 같은 분위기.

양복 입고 스테이크를 앞에 둔 것만 달랐지, 어디선가 다예루와 제라르 같은 놈이 툭 튀어나와서 눈알을 부라릴 것 같은 분위기는 정말 똑같았다.

[일정표에 나눠 드린 것과 같이 대회의실로는 오후 2시

에 이동하겠습니다.]

라노크가 주변을 둘러본 다음 앞에 놓인 잔을 들었다.

[그럼 다 같이 유라시아 철도의 설립을 위하여 건배합시다.]

그를 따라 모두가 앞에 놓은 와인 잔을 들었다.

"유니콘을 위해."

"유니콘을 위해."

이어서 식사가 진행되었다.

루드비히와 반트가 라노크에게 교대로 시답잖은 대화를 걸었는데 중간중간에 마치 농담처럼 '영감'이나 '보물' 등의 말이 섞여 있는 걸로 봐서 자기들끼리만 통하는 용어인 듯 보였다.

강찬은 우선 식사를 말끔하게 했다.

맛은 나쁘지 않았다. 그런데 솔직하게 말하면 지겨웠다.

전장과 다르게 저 밑에 은밀하게 깔린 신경 거슬리는 긴장감, 마치 라노크의 용병처럼 자리에 앉아 있는 모양새, 그리고 이런 자리가 내일까지 지속된다고 생각하니 벌써부터 몸이 뒤틀리는 것 같았다.

'이건 사람이 할 짓이 아니네.'

골프장에서 있었던 경호도 숨 막혔지만, 알게 모르게 조여 오는 상대의 기운을 느끼는 것도 여간 피곤한 일이 아니었다.

차라리 몽골 작전을 서너 번 더 하라면 정말 잘할 것 같아서 강찬은 혼자 풀썩 웃고 말았다.

지금쯤 석강호는 어떻게 있을까?

무전에 대고 '씨발.'이란 욕만 하지 않았으면 싶었다.

강찬에게 잘하는 것을 보고 어쭙잖게 달려들던 놈치고 두들겨 맞지 않은 놈들은 하나도 없다.

지루하니까 별생각이 다 든다.

식사를 끝낸 강찬이 간간이 반트가 건넨 농담과 건너편 탁자에서 날아든 농담에 작게 미소를 지을 때였다.

"강찬 씨, 러시아 정보국을 조심하세요. 지금 이곳에 있는 거의 모든 사람들이 강찬 씨를 주시하고 있습니다. 아마 이 중의 절반은 몽골 작전에 대해 이미 알고 있다고 보시는 게 맞습니다."

라노크가 다른 곳을 보는 척하며 말을 건넸다.

"입술로 말을 읽어 내는 이들도 많습니다. 그래서 대개 말을 할 때는 습관처럼 입술을 가립니다."

참 불편하게들 산다.

강찬이 알았다고 고개를 끄덕일 때였다.

"라노크!"

가장 멀리 있는 테이블에서 뚱뚱한 영감이 오른손을 반쯤 들고 라노크를 불렀다.

"노인이 생색을 내고 싶어 하는군요."

라노크가 냅킨으로 입을 닦은 다음 자리에서 일어나자, 루이가 강찬을 보며 따라 일어섰다.

확 그냥 앉아 있어 버려?

아서라. 여기서 라노크 망신 줘서 이로울 게 뭐 있겠나.

강찬은 말없이 루이를 따라 라노크의 옆을 걸었다.

러시아 요원들은 물론이고, 모두의 시선이 대놓고 강찬을 향한 순간이었다.

"오랜만입니다, 쟝쟈크."

라노크가 다가가자 요원 하나가 일어서서 자리를 비켜 주었다.

이건 도대체 뭐지?

강찬은 영감이 하는 이야기를 들으며 기가 막혔다.

철도설립위원장과 운영위원장이 되어서도 자신의 공을 잊어서는 안 된다는 공치사를 떠들고 있었다.

염병. 초등학생들이 모인 것도 아니고.

프랑스, 러시아, 독일, 스위스.

세계의 가장 앞에 선 나라들의 정보 담당자가 모여서 이게 뭐하는 짓인지 도통 알다가도 모를 일이었다.

라노크는 싫은 내색을 하지 않았다. 특유의 서양 가면 같은 웃음으로 쟝자크라는 영감을 달랬는데, 그가 원하는 것들에 대해 확실한 답을 주지는 않았다.

그런데 정작 라노크는 도대체 어떤 인물이지?

"그럼 나중에 따로 자리를 마련하는 걸로 하지요."

라노크가 자리에서 일어나 장쟈크와 악수를 교환하고 걸음을 옮겼다.

웃기기는 하지만, 정작 분위기는 웃을 수 있는 성질의 것이 아니다. 각 나라의 자존심과 명예가 걸렸기 때문이다.

옆 건물에서는 공식적인 얼굴마담들이 정해진 틀을 가지고 합의서를 작성한다면 지금 이 자리는 비공식적으로 모여 앉아 실질적인 결정을 하는 자리다.

세상에는 확실히 알아야 하고 배워야 할 일들이 많다.

"라노크."

라노크가 걸음을 옮겼을 때, 강찬이 눈여겨보았던 러시아인이 손을 들었다.

"바실리(ВАСИЛИЙ)!"

테이블로 걸어간 라노크는 '바실리'라는 사내와도 반갑게 악수를 나눴다.

"철도가 확정됐다고 나를 너무 멀리하면 곤란해."

능숙한 프랑스 말이다.

"바실리를 무시할 수야 있나? 다음 대 운영위원장에게 잘 보여야 살아서 그 자리를 물러날 테니까."

"흥, 날카로운 혀는 그대로구만. 저 친구가 자네의 비밀 병기라는 그 친구인가?"

"바실리의 관심을 끌었다면 영광인네? 인사하지. 이 라노

이럴 필요가 있을까 • 311

크가 친구로 인정한 강찬 씨. 강찬 씨, 이 친구는 러시아의 악랄한 KGB 출신 바실리입니다."

바실리가 어처구니가 없다는 얼굴로 손을 뻗었다.

"바실리요."

"강찬입니다."

꽉.

한 번 강하게 잡았다 놓은 것이 끝이다.

만만치 않은 실력이었다.

거기까지였다.

다시 자리로 돌아왔을 때 루이는 긴장을 살짝 푸는 얼굴이었다.

대충 분위기는 알았다.

남은 것은 이제 겨우 2시간밖에 안 지난 이 지겨운 일정이 내일 저녁까지 꼬박 남았다는 것과 그 안에 테러가 일어날 수 있다는 것, 그렇게 두 가지였다.

7권에 계속

www.mayabooks.co.kr

www.mayabooks.co.kr